〔宋〕朱子撰

詩經經典

（四）

北方聯合出版傳媒（集團）股份有限公司
萬卷出版有限責任公司

臣紀昀覆勘

欽定四庫全書　　經部三

詩經集傳　　詩類

提要

臣等謹案詩經集傳八卷宋朱子撰宋志作二十卷文獻通考于集傳外尚有詩序辨說一卷統為二十一卷今本既不載序辨說而卷數復不符朱子嘗自謂少年淺陋之說久而有所更定陳振孫云江西所刻晚年本得

於南康胡泳伯量較之建安本更定幾什一此卷帙所由不同歟第未知此所傳者竟何本也朱子說詩書去二序而集中有廣青衿之疑問句却用序說後人惑之要其涵濡諷詠務得性情之正此固律世之大防也其叶韻則其孫承議郎鑑取吳棫所著毛詩補音之說入之後儒不察以為亦朱子所采又以為取諸韻補皆非也乾隆四十九年七月恭

校上

總纂官臣紀昀臣陸錫熊臣孫士毅

總校官臣陸費墀

詩經集傳序

或有問於予曰詩何為而作也予應之曰人生而静天之性也感於物而動性之欲也夫既有欲矣則不能無思既有思矣則不能無言既有言矣則言之所不能盡而發於咨嗟咏歎之餘者必有自然之音響節族（音奏）而不能已焉此詩之所以作也曰然則其所以教者何也曰詩者人心之感物而形於言之餘也心之所感有邪正故言之所形有是非惟聖人在上則其所感者無不

正而其言皆足以為教其或感之之雜而所發不能無可擇者則上之人必思所以自反而因有以勸懲之是亦所以為教也昔周盛時上自郊廟朝廷而下達於鄉黨閭巷其言粹然無不出於正者聖人固已恊之聲律而用之鄉人用之邦國以化天下至於列國之詩則天子廵守亦必陳而觀之以行黜陟之典降自昭穆而後寢以陵夷至於東遷而遂廢不講矣孔子生於其時既不得位無以行勸懲黜陟之政於是特舉其籍而討論

之去其重複正其紛亂而其善之不足以為法惡之不足以為戒者則亦刊而去之以從簡約示久遠使夫學者即是而有以考其得失善者師之而惡者改焉是以其政雖不足以行於一時而其教實被於萬世是則詩之所以為教者然也曰然則國風雅頌之體其不同若是何也曰吾聞之凡詩之所謂風者多出於里巷歌謡之作所謂男女相與詠歌各言其情者也惟周南召南親被文王之化以成德而人皆有以得其性情之正故

其發於言者樂而不過於淫哀而不及於傷是以二篇獨為風詩之正經自邶而下則其國之治亂不同人之賢否亦異其所感而發者有邪正是非之不齊而所謂先王之風者於此焉變矣若夫雅頌之篇則皆成周之世朝廷郊廟樂歌之辭其語和而莊其義寬而密其作者往往聖人之徒固所以為萬世法程而不可易者也至於雅之變者亦皆一時賢人君子閔時病俗之所為而聖人取之其忠厚惻怛之心陳善閉邪之意尤非後

世能言之士所能及之此詩之為經所以人事浹於下天道備於上而無一理之不具也曰然則其學之也當奈何曰本之二南以求其端參之列國以盡其變正之於雅以大其規和之於頌以要其止此學詩之大旨也於是乎章句以綱之訓詁以紀之諷詠以昌之涵濡以體之察之情性隱微之間審之言行樞機之始則脩身及家平均天下之道其亦不待他求而得之於此矣問者唯唯而退余時方輯詩傳因悉次是語以冠其篇云

淳熙四年丁酉冬十月戊子新安朱熹書

詩經集傳卷一

宋 朱子 撰

國風一

國者諸侯所封之域而風者民俗歌謠之詩也謂之風者以其被上之化以有言而其言又足以感人如物因風之動以有聲而其聲又足以動物也是以諸侯采之以貢於天子天子受之而列於樂官於以考其俗尚之美惡而知其政治之得失焉舊說二南為正風所以用之閨門鄉黨邦國而化天下也十三國為變風則亦領在樂官以時存肄備觀省而垂監戒耳合之凡十五國云

周南一之一

周國名南南方諸侯之國也周國本在禹貢雍州境內岐山之陽后稷十

三世孫古公亶父始居其地傳子王季歷至孫文王昌辟國寖廣於是徙都于豐而分岐周故地以為周公旦召公奭之采邑且使周公為政於中國而召公宣布於諸侯於是德化大成於內而南方諸侯之國江沱汝漢之間莫不從化蓋三分天下而有其二焉至子武王發又遷于鎬遂克商而有天下武王崩子成王誦立周公相之制作禮樂乃采文王之世風化所及民俗之詩被之筦弦以為房中之樂而又推之以及於鄉黨邦國所以著明先王風俗之盛而使天下後世之脩身齊家治國平天下者皆得以取法焉蓋其得之國中者雜以南國之詩而謂之周南言自天子之國而被於諸侯不但國中而已也其得之南國者則直謂之召南言自方伯之國被於南方而不敢以繫于天子也岐周在今鳳翔府岐山縣豐在今京兆府鄠縣終南山北南方之國即今興元府京西湖北等

路諸州鎬在豐東二十五里小序曰關雎麟趾之化王者之風故繫之周公南言化自北而南也鵲巢騶虞之德諸侯之風也先王之所以教故繫之召公斯言得之矣

關關雎音疽鳩在河之洲窈音杳窕徒了反淑女君子好逑音求

興也關關雌雄相應之和聲也雎鳩水鳥一名王雎狀類鳧鷖今江淮間有之生有定耦而不相亂耦常並遊而不相狎故毛傳以為摯而有别列女傳以為人未嘗見其乘居而匹處者蓋其性然也河北方流水之通名洲水中可居之地也窈窕幽閒之意淑善也女者未嫁之稱蓋指文王之妃大姒為處子時而言也君子則指文王也好亦善也逑匹也毛傳云摯字與至通言其情意深至也　興者先言他物以引起所詠之辭也周之文王生有聖德又得聖女姒氏以為之配宮中之人於其始至見其有幽閒貞靜之德故作是詩言彼關關

然之雎鳩則相與和鳴於河洲之上矣此窈窕之淑女則豈非君子之善匹乎言其相與和樂而恭敬亦若雎鳩之情摯而有别也後凡言興者其文意皆放此云漢匡衡曰窈窕淑女君子好逑言能致其貞淑不貳其操情欲之感無介乎容儀宴私之意不形乎動静夫然後可以配至尊而為宗廟主此綱紀之首王化之端也可謂善說詩矣

參初金反差初宜反荇音杏菜左右流之窈窕淑女寤寐求之求之不得寤寐思服叶蒲北反悠哉悠哉輾音展轉反側

興也參差長短不齊之貌荇接余也根生水底莖如釵股上青下白葉紫赤圓徑寸餘浮在水面或左或右言無方也流順水之流而取之也或寤或寐言無時也服猶懷也悠長也輾者轉之半轉者輾之周反者輾之過側者轉之留皆臥不安席之意　此章本其未得而言彼參差之荇菜則當左右無方以流之矣此

窈窕之淑女則當寤寐不忘以求之矣蓋此人此德世不常有求之不得則無以配君子而成其內治之美故其憂思之深不能自已至於如此也

參差荇菜左右采叶此禮反之窈窕淑女琴瑟友叶羽已反之參差荇菜左右芼音帽叶音邈之窈窕淑女鍾鼓樂音洛之

興也采取而擇之也芼熟而薦之也琴五弦或七弦瑟二十五弦皆絲屬樂之小者也友者親愛之意也鍾金屬鼓革屬樂之大者也樂則和平之極也　此章據今始得而言彼參差之荇菜既得之則當采擇而亨芼之矣此窈窕之淑女既得之則當親愛而娛樂之矣蓋此人此德世不常有幸而得之則有以配君子而成內治故其喜樂尊奉之意不能自已又如此云

關雎三章一章四句二章章八句

孔子曰關雎樂而不淫哀而不

傷愚謂此言為此詩者得其性情之正聲氣之和也蓋德如雎鳩摯而有别則后妃性情之正固可以見其一端矣至於寤寐反側琴瑟鐘鼓極其哀樂而皆不過其則焉則詩人性情之正又可以見其全體也獨其聲氣之和有不可得而聞者雖若可恨然學者姑即其辭而玩其理以養心焉則亦可以得學詩之本矣　匡衡曰妃匹之際生民之始萬福之原婚姻之禮正然後品物遂而天命全孔子論詩以關雎為始言大上者民之父母后夫人之行不侔乎天地則無以奉神靈之統而理萬物之宜自上世以來三代興廢未有不由此者也

葛之覃兮施音異于中谷維葉萋萋黄鳥于飛集于灌木其鳴喈喈叶居奚反　賦也葛草名蔓生可為絺綌者覃延施移也中谷谷中也萋萋盛貌黄鳥鸝

也濩木叢木也皆喈和聲之遠聞也　賦者敷陳其事而直言之者也蓋后妃既成絺綌而賦其事追敘初夏之時葛葉方盛而有黄鳥鳴於其上也後凡言賦者放此

葛之覃兮施於中谷維葉莫莫是刈音乂是濩音鑊為絺音癡為綌音隙叶去略反服之無斁音亦叶弋灼反

賦也莫莫茂密貌刈斬濩煮也精曰絺麤曰綌斁厭也　此言盛夏之時葛既成矣於是治以為布而服之無厭蓋親執其勞而知其成之不易所以心誠愛之雖極垢弊而不忍厭棄也

言告師氏言告言歸薄汙我私薄澣音緩我衣害音曷澣害否如字歸寧父母

賦也言辭也師女師也薄猶少也汙煩撋之以去其汙猶治亂而曰亂也澣則濯之而已私燕服也衣禮服也害何也寧安也謂問安也　上章既成絺綌之服矣此章遂告其師氏使告于君子以將

歸寧之意且曰盡治其私服之污而澣其禮服之衣乎何者當澣而何者可以未澣乎我將服之以歸寧於父母矣

葛覃三章章六句此詩后妃所自作故無贊美之辭然於此可以見其已貴而能勤已富而能儉已長而敬不弛於師傅已嫁而孝不衰於父母是皆德之厚而人所難也小序以為后妃之本庶幾近之

采采卷耳上聲不盈頃音傾筐嗟我懷人寘彼周行叶戶郎反賦也采采非一采也卷耳枲耳葉如鼠耳叢生如盤頃敧也筐竹器懷思也人蓋謂文王也寘舍也周行大道也后妃以君子不在而思念之故賦此詩託言方采卷耳未滿頃筐而心適念其君子故不能復采而寘之大道之旁也

陟彼崔音摧嵬音巍我馬虺音灰隤音頹我姑酌彼金罍

維以不永懷叶胡隈反賦也陟升也崔嵬土山之戴石者虺隤馬罷不能升高之病姑且也罍酒器刻為雲雷之象以黃金飾之永長也此又託言欲登此崔嵬之山以望所懷之人而往從之則馬罷病而不能進於是且酌金罍之酒而欲其不至於長以為念也

陟彼高岡我馬玄黃我姑酌彼兕音似觥音肱叶古黃反維以不永傷賦也山脊曰岡玄黃玄馬而黃病極而變色也兕野牛一角青色重千斤觥爵也以兕角為爵也

陟彼砠音疽矣我馬瘏音塗矣我僕痡音敷矣云何吁矣賦也石山戴土曰砠瘏馬病不能進也痡人病不能行也吁憂歎也爾雅注引此作盱張目望遠也詳見何人斯篇

卷耳四章章四句此亦后妃所自作可以見其貞靜專一之至矣豈當文王朝會

征伐之時羑里拘幽之日而作歟然不可考也

南有樛音鳩木葛藟音壘纍音雷之樂音洛只音紙君子福履綏之

興也南南山也木下曲曰樛藟葛類纍猶縏也只語助辭君子自衆妾而指后妃猶言小君内子也履祿綏安也后妃能逮下而無嫉妬之心故衆妾樂其德而稱願之曰南有樛木則葛藟纍之矣樂只君子則福履綏之矣

南有樛木葛藟荒之樂只君子福履將之

興也荒奄也將猶扶助也

南有樛木葛藟縈烏營反之樂只君子福履成之

興也縈旋成就也

樛木三章章四句

螽（音終）斯羽詵詵（音莘）兮宜爾子孫振振（音真）兮（比也螽斯蝗屬長而青長角長股能以股相切作聲一生九十九子詵詵和集貌爾指螽斯也振振盛貌　比者以彼物比此物也后妃不妒忌而子孫衆多故衆妾以螽斯之羣處和集而子孫衆多比之言其有是德而宜有是福也後凡言比者放此）

螽斯羽薨薨兮宜爾子孫繩繩兮（比也薨薨羣飛聲繩繩不絕貌）

螽斯羽揖揖（音緝）兮宜爾子孫蟄蟄兮（比也揖揖會聚也蟄蟄亦多意）

螽斯三章章四句

桃之夭夭（音腰）灼灼其華（音花）之子于歸宜其室家（興也桃木名華紅實可食夭夭少好之貌灼灼華之盛也木少則華盛之子是子也此指嫁者而言也婦人謂嫁曰歸周禮仲

春令會男女然則桃之有華正婚姻之時也宜者和順之意室謂夫婦所居家謂一門之內文王之化自家而國男女以正婚姻以時故詩人因所見以起興而歎其女子之賢知其必有以宜其室家也

桃之夭夭有蕡音文其實之子于歸宜其家室興也蕡實之盛也家室猶室家也

桃之夭夭其葉蓁蓁音臻之子于歸宜其家人興也蓁蓁葉之盛也家人一家之人也

桃夭三章章四句

肅肅兔罝音嗟又子余反與夫叶椓之丁丁音爭赳赳武夫公侯干城興也肅肅整飭貌罝罟也丁丁椓杙聲也赳赳武貌干盾也干城皆所以扞外而衛內者化行俗美賢

才衆多雖罝兎之野人而其才之可用猶如此故詩人因其所事以起興而美之而文王德化之盛因可見矣

肅肅兎罝施于中逵赳赳武夫公侯好仇叶渠之反 興也逵九達之道仇與逑同匡衡引關雎亦作仇字公侯善匹猶曰聖人之耦則非特干城而已歎美之無已也下章放此

肅肅兎罝施于中林赳赳武夫公侯腹心 興也中林林中腹心同心同德之謂則又非特好仇而已也

兎罝三章章四句

采采芣音浮苢音以薄言采之叶此禮反采采芣苢薄言有之叶羽已反

賦也芣苢車前也大葉長穗好生道旁采始求之也有既得之也 化行俗美家室和平婦人無事相與

采此芣苢而賦其事以相樂也采之未詳何用或曰其子治產難

采采芣苢，薄言掇都奪反之。采采芣苢，薄言捋力活反之。賦也。掇，拾也。捋，取其子也。

采采芣苢，薄言袺音結之。采采芣苢，薄言襭音絜之。賦也。袺，以衣貯之而執其衽也。襭，以衣貯之而扱其衽於帶閒也。

芣苢三章，章四句。

南有喬木，不可休息。漢有游女，不可求思。漢之廣叶古曠反矣，不可泳叶于誑反思。江之永叶弋亮反矣，不可方叶甫妄反思。興而比也。上竦無枝曰喬。思，語辭也，篇內同。漢水出興元府嶓冢山，至漢陽軍大別山入江。江漢之俗，其女好游，漢魏以後猶然如大堤之曲可見也泳潛行也江水出永康軍岷山東流與漢水合東北入海永長也方桴也　文王之化自近而遠先及於江漢之間而有以變其淫亂之俗故其出遊之女人望見之而知其端莊靜一非復前日之可求矣因以喬木起興江漢為比而反復詠歎之也

翹翹音喬錯薪言刈其楚之子于歸言秣其馬叶滿補反漢之廣矣不可泳思江之永矣不可方思

興而比也翹翹秀起之貌錯雜也楚木名荊屬之子指游女也秣飼也　以錯薪起興而欲秣其馬則悅之至以江漢為比而歎其終不可求則敬之深

翹翹錯薪言刈其蔞音閭之子于歸言秣其駒漢之廣矣不可泳思江之永矣不可方思

興而比也蔞蔞蒿也葉似艾青白色長數寸生水澤中駒馬之小者

漢廣三章章八句

遵彼汝墳伐其條枚音梅未見君子惄音溺如調音周飢賦也遵循也汝水出汝州天息山徑蔡潁州入淮墳大防也枝曰條幹曰枚惄飢意也調一作輖重也　汝旁之國亦先被文王之化者故婦人喜其君子行役而歸因記其未歸之時思望之情如此而追賦之也

遵彼汝墳伐其條肄音異既見君子不我遐棄賦也斬而復生曰肄遐遠也伐其枚而又伐其肄則踰年矣至是乃見其君子之歸而喜其不遠棄我也

魴音房魚赬音蟶尾王室如燬音毀下同雖則如燬父母孔邇比也魴魚名身廣而薄少力細鱗赬赤也魚勞則尾赤魴尾本白而今赤則勞甚矣王室指紂所都也燬焚也父母指文王也孔甚邇近也

是時文王三分天下有其二而率商之叛國以事紂故汝墳之人猶以文王之命供紂之役其家人見其勤苦而勞之曰汝之勞既如此而王室之政方酷烈而未已雖其酷烈而未已然文王之德如父母然望之甚近亦可以忘其勞矣此序所謂婦人能閔其君子猶勉之以正者蓋曰雖其別離之久思念之深而其所以相告語者猶有尊君親上之意而無情愛狎昵之私則其德澤之深風化之美皆可見矣一說父母甚近不可以懈於王事而貽其憂亦通

汝墳三章章四句

麟之趾振振（音真）公子（叶奬里反）于（音吁）嗟麟兮（興也麟麕身牛尾馬蹄毛蟲之長也趾足也麟之足不踐生草不履生蟲振振仁厚貌于嗟歎辭文王后妃德脩于身而子孫宗族皆化於

善故詩人以麟之趾興公之子言麟性仁厚故其趾亦仁厚文王后妃仁厚故其子亦仁厚然言之不足故又嗟歎之言是乃麟也何必麕身牛尾而馬蹄然後為王者之瑞哉

麟之定音訂振振公姓于嗟麟兮興也定額也麟之額未聞或曰有額而不以抵也公姓公孫也姓之為言生也

麟之角叶盧谷反振振公族于嗟麟兮興也麟一角角端有肉公族公同高祖祖廟未毀有服之親

麟之趾三章章三句序以為關雎之應得之

周南之國十一篇三十四章百五十九句按此篇首五詩皆言后妃之德關雎舉其全體而言也葛覃卷耳言其志行之在已樛木螽斯美其德惠

之及人皆指其一事而言也其辭雖主於后妃然其實則皆所以著明文王身脩家齊之效也至於桃夭兔罝芣苢則家齊而國治之效漢廣汝墳則以南國之詩附焉而見天下已有可平之漸矣若麟之趾則又王者之瑞有非人力所致而自至者故復以是終焉而序者以為關雎之應也夫其所以至此后妃之德固不為無所助矣然妻道無成則亦豈得而專之哉今言詩者或乃專美后妃而不本於文王其亦誤矣

召南一之二

召地名召公奭之采邑也舊說扶風雍縣南有召亭即其地今雍縣析為岐山天興二縣未知召亭的在何縣餘已見周南篇

維鵲有巢維鳩居叶姬御反之之子于歸百兩如字又音亮御音迓之

叶魚據反之興也鵲鳩皆鳥名鵲善為巢其巢最為完固鳩性拙不能為巢或有居鵲之成巢者之子指夫人也兩一車也一車兩輪故謂之兩御迎也諸侯之子嫁於諸侯送御皆百兩也南國諸侯被文王之化能正心脩身以齊其家其女子亦被后妃之化而有專靜純一之德故嫁於諸侯而其家人美之曰維鵲有巢則鳩來居之是以之子于歸而百兩迎之也此詩之意猶周南之有關雎也

維鵲有巢維鳩方之之子于歸百兩將之興也方有之也將送也

維鵲有巢維鳩盈之之子于歸百兩成之興也盈滿也謂衆媵姪娣之多成成其禮也

鵲巢三章章四句

于以采蘩于沼于沚于以用之公侯之事叶上止反賦也于於也

蘩白蒿也沼池也沚渚也事祭事也　南國被文王之化諸侯夫人能盡誠敬以奉祭祀而其家人敘其事以美之也或曰蘩所以生蠶蓋古者后夫人有親蠶之禮此詩亦猶周南之有葛覃也

于以采蘩于澗之中于以用之公侯之宮　賦也山夾水曰澗宮廟也或曰即記所謂公桑蠶室也

被音備之僮僮音同夙夜在公被之祁祁薄言還音旋歸　賦也被首飾也編髮為之僮僮竦敬也夙早也公公所也祁祁舒遲貌去事有儀也祭義曰及祭之後陶陶遂遂如將復入然不欲遽去愛敬之無已也或曰公即所謂公桑也

采蘩三章章四句

喓喓音腰草蟲趯趯阜螽未見君子憂心忡忡音充亦既見

止亦既覯止我心則降音杭叶乎攻反○賦也喓喓聲也草蟲蝗屬奇音青色趯趯躍貌阜螽蠜也忡忡猶衝衝也止語辭覯遇降下也南國被文王之化諸侯大夫行役在外其妻獨居感時物之變而思其君子如此亦若南周之卷耳也

陟彼南山言采其蕨未見君子憂心惙惙音拙亦既見止亦既覯止我心則說音悅○賦也登山蓋託以望君子蕨鼈也初生無葉時可食亦感時物之變也惙憂貌

陟彼南山言采其薇未見君子我心傷悲亦既見止亦既覯止我心則夷○賦也薇似蕨而差大有芒而味苦山間人食之謂之迷蕨胡氏曰疑即莊子所謂迷陽者夷平也

草蟲三章章七句

于以采蘋南澗之濱于以采藻于彼行潦音老賦也蘋水上浮萍也江東人謂之薸濱厓也藻聚藻也生水底莖如釵股葉如蓬蒿行潦流潦也南國被文王之化大夫妻能奉祭祀而其家人敘其事以美之也

于以盛之維筐及筥音舉于以湘之維錡音螘及釜音父賦也方曰筐圓曰筥湘烹也蓋粗熟而淹以為菹也錡釜屬有足曰錡無足曰釜此足以見其循序有常嚴敬整飭之意

于以奠之宗室牖下叶後五反誰其尸之有齊音齋季女賦也奠置也宗室大宗之廟也大夫士祭於宗室牖下室西南隅所謂奧也尸主也齊敬貌季少也祭祀之禮主婦主薦豆實以菹醢少而能敬尤見其質之美而化之所從來者遠矣

采蘋三章章四句

蔽芾音廢甘棠勿翦勿伐召伯所茇音鈸賦也蔽芾盛貌甘棠杜棃也白者為棠赤者為杜翦翦其枝葉也伐伐其條榦也伯方伯也茇草舍也召伯循行南國以布文王之政或舍甘棠之下其後人思其德故愛其樹而不忍傷也

蔽芾甘棠勿翦勿敗叶蒲寐反召伯所憩音器賦也敗折憩息也勿敗則非特勿伐而已愛之愈久而愈深也下章放此

蔽芾甘棠勿翦勿拜叶變制反召伯所說音稅賦也拜屈說舍也勿拜則非特勿敗而已

甘棠三章章三句

厭入聲浥音邑行露豈不夙夜叶羊茹反謂行多露賦也厭浥濕意行道夙早也南國之人遵召伯之教服文王之化有以革其前日淫亂之俗故女子有能以禮自守而不謂強暴所污者自述己志作此詩以絕其人言道間之露方濕我豈不欲早夜而行乎畏多露之沾濡而不敢爾蓋以女子早夜獨行或有強暴侵陵之患故託以行多露而畏其沾濡也

誰謂雀無角叶盧谷反何以穿我屋誰謂女音汝無家叶音谷何以速我獄雖速我獄室家不足興也家謂以媒聘求為室家之禮也速召致也貞女之自守如此然猶或見訟而召致於獄因自訴而言人皆謂雀有角故能穿我屋以興人皆謂汝於我嘗有求為室家之禮故能致我於獄然不知汝雖能致我於獄而求為室家之禮初未嘗備如雀雖能穿屋而實未嘗有角也

誰謂鼠無

牙（叶五紅反）何以穿我墉誰謂女無家（叶各空反）何以速我訟（叶祥容反）雖速我訟亦不女從（興也牙牡齒也墉牆也言汝雖能致我於訟然其求為室家之禮有所不足則我亦終不汝從矣）

行露三章一章三句二章章六句

羔羊之皮（叶蒲何反）素絲五紽（音駝）退食自公委（音威）蛇（音移叶唐何反）委蛇（賦也小曰羔大曰羊皮所以為裘大夫燕居之服素白也紽未詳蓋以絲飾裘之名也退食退朝而食於家也自公從公門而出也委蛇自得之貌　南國化文王之政在位皆節儉正直故詩人美其衣服有常而從容自得如此也）

羔羊之革（叶訖力反）素絲五緎（音域）委蛇委蛇自

公退食賦也革猶皮也緎裘之縫界也羔羊之縫音逢素絲五總音宗委蛇委蛇退食自公賦也縫縫皮合之以為裘也總亦未詳

羔羊三章章四句

殷音隱其靁在南山之陽何斯違斯莫敢或遑振振音真君子歸哉歸哉興也殷靁聲也山南曰陽何斯斯此人也違斯斯此所也遑暇也振振信厚也南國被文王之化婦人以其君子從役在外而思念之故作此詩言殷殷然靁聲則在南山之陽矣何此君子獨去此而不敢少暇乎於是又美其德且冀其早畢事而還歸也

殷其靁在南山之側叶莊力反何斯違斯莫敢遑息振振君子歸哉歸哉興也息止也

殷其靁在南山之下(叶後五反)何斯違斯莫或遑處(上聲)振振君子歸哉歸哉(興也)

殷其靁三章章三句

摽(音殍)有梅其實七兮求我庶士迨其吉兮(賦也摽落也梅木名華白實似杏而酢庶衆迨及也吉吉日也　南國被文王之化女子知以貞信自守懼其嫁不及時而有强暴之辱也故言梅落而在樹者少以見時過而大晚矣求我之衆士其必有及此吉日而來者乎)

摽有梅其實三(叶疏簪反)兮求我庶士迨其今兮(賦也梅在樹者三則落者又多矣今今日也蓋不待吉矣)

摽有梅頃(音傾)筐塈(許器反)之求我庶士迨其

謂之賦也塈取也頃筐取之則落之盡矣謂之則但相告語而約可定矣

摽有梅三章章四句

嘒音噦彼小星三五在東肅肅宵征夙夜在公寔命不同興也嘒微貌三五言其稀蓋初昏或將旦時也肅肅齊遬貌宵夜征行也寔與實同命謂天所賦之分也南國夫人承后妃之化能不妒忌以惠其下故其衆妾美之如此蓋衆妾進御於君不敢當夕見星而往見星而還故因所見以起興其於義無所取特取在東在公兩字之相應耳遂言其所以如此者由其所賦之分不同於貴者是以深以得御於君為夫人之惠而不敢致怨於往來之勤也

嘒彼小星維參所森反與昴叶力求反肅肅宵征抱衾與裯音儔寔命不猶興也參昴

西方二宿之名衾被也裯禪被也興亦取與昴與裯二字相應猶亦同也

小星二章章五句

呂氏曰夫人無妬忌之行而賤妾安於其命所謂上好仁而下必好義者也

江有汜音祀叶羊里反之子歸不我以不我以其後也悔叶虎洧反

興也水決復入為汜今江陵漢陽安復之間蓋多有之之子媵妾指嫡妻而言也婦人謂嫁曰歸我媵自我也能左右之曰以謂挾己而偕行也是時汜水之旁媵有待年於國而嫡不與之偕行者其後嫡被后妃夫人之化乃能自悔而迎之故媵見江水之有汜而因以起興言江猶有汜而之子之歸乃不我以雖不我以然其後也亦悔矣

江有渚之子歸不我與不我與其後也處興也

渚小洲也水岐成渚與猶以也處安也得其所安也

江有沱音駝之子歸不我過音戈不我過其嘯也歌興也沱江之別者過謂過我而與俱也嘯蹙口出聲以舒憤懣之氣言其悔時也歌則得其所處而樂也

江有汜三章章五句陳氏曰小星之夫人惠及媵妾而媵妾盡其心江沱之嫡惠不及媵妾而媵妾不怨蓋父雖不慈子不可以不孝各盡其道而已矣

野有死麕俱倫反與春叶白茅包叶補苟反之有女懷春吉士誘之興也麕獐也鹿屬無角懷春當春而有懷也吉士猶美士也南國被文王之化女子有貞潔自守不為強暴所污者故詩人因所見以興其事而美之或曰賦也言美士以白茅包其死麕而誘懷春之女也

林

有樸蒲木反樕音速野有死鹿白茅純音豚束有女如玉興也樸樕小木也鹿獸名有角純束猶包之也如玉者美其色也上三句興下一句也或曰賦也言以樸樕藉死鹿束以白茅而誘此如玉之女也

舒而脫脫音兌兮無感我帨音稅兮無使尨美邦反也吠符廢反賦也舒遲緩也脫脫舒緩貌感動帨巾尨犬也 此章乃述女子拒之之辭言姑徐徐而來毋動我之帨毋驚我之犬以甚言其不能相及也其凜然不可犯之意蓋可見矣

野有死麕三章二章章四句一章三句

何彼襛音濃與雝叶矣唐棣音第之華曷不肅雝王姬之車興也襛盛也猶曰戎戎也唐棣栘也似白楊肅敬雝和也周王之女姬姓故曰王姬 王姬下嫁於諸侯車服之盛

如此而不敢挾貴以驕其夫家故見其車者知其能敬且和以執婦道於是作詩以美之曰何彼戎戎而盛乎乃唐棣之華也此何不肅肅而敬雝雝而和乎乃王姬之車乎此乃武王以後之詩不可的知其何王之世然文王大姒之教久而不衰亦可見矣

何彼襛矣華如桃李平王之孫齊侯之子叶奬里反

興也李木名華白實可食舊說平正也武王女文王孫適齊侯之子或曰平王即平王宜臼齊侯即襄公諸兒事見春秋未知孰是　以桃李二物興男女二人也

其釣維何維絲伊緡齊侯之子平王之孫叶須倫反

興也伊亦維也緡綸也絲之合而為綸猶男女之合而為昏也

何彼襛矣三章章四句

彼茁音拙者葭音加壹發五豝音巴于音吁嗟乎騶虞叶音牙賦也茁生出壯盛之貌葭蘆也亦名葦發發矢豝牡豕也一發五豝猶言中必疊雙也騶虞獸名白虎黑文不食生物者也南國諸侯被文王之化脩身齊家以治其國而其仁民之餘恩又有以及於庶類故其春田之際草木之茂禽獸之多至於如此而詩人述其事以美之且歎之曰此其仁心自然不由勉强是即真所謂騶虞矣

彼茁者蓬壹發五豵音宗于嗟乎騶虞叶五紅反賦也蓬草名一歲曰豵亦小豕也

騶虞二章章三句

文王之化始於關雎而至於麟趾則其化之入人者深矣形於鵲巢而及於騶虞則其澤之及物者廣矣蓋意誠心正之功不息而久則其薰蒸透徹融液周徧自

有不能已者非智力之私所能及也故序以騶虞為鵲巢之應而見王道之成其必有所傳矣

召南之國十四篇四十章百七十七句

愚按鵲巢至采蘋言夫人大夫妻以見當時國君大夫被文王之化而能脩身以正其家也甘棠以下又見由方伯能布文王之化而國君能脩其家以及其國也其辭雖無及於文王者然文王明德新民之功至是而其所施者溥矣抑所謂其民皞皞而不知為之者與唯何彼穠矣之詩為不可曉當闕所疑耳　周南召南二國凡二十五篇先儒以為正風今姑從之　孔子謂伯魚曰女為周南召南矣乎人而不為周南召南其猶正牆面而立也與　儀禮鄉飲酒鄉射燕禮皆合樂周南關雎葛覃卷耳召南鵲巢采蘩采蘋燕禮又有房中之樂鄭氏注曰弦歌周南召南之詩

而不用鐘磬云房中者后夫人之所諷誦以事其君子程子曰天下之治正家為先天下之家正則天下治矣二南正家之道也陳后妃夫人大夫妻之德推之士庶人之家一也故使邦國至於鄉黨皆用之自朝廷至於委巷莫不謳吟諷誦所以風化天下

詩經集傳卷一

欽定四庫全書

詩經集傳卷二

宋 朱子 撰

邶一之三

邶鄘衛三國名在禹貢冀州西阻太行北逾衡漳東南跨河以及兗州桑土之野及商之季而紂都焉武王克商分自紂城朝歌而北謂之邶南謂之鄘東謂之衛以封諸侯邶鄘不詳其始封衛則武王弟康叔之國也衛本都河北朝歌之東洪水之北百泉之南其後不知何時并得邶鄘之地至懿公為狄所滅戴公東徙渡河野處漕邑文公又徙居于楚丘朝歌故城在今衛州衛縣西二十二里所謂殷墟衛故都即今衛縣漕楚丘皆在滑州大抵今懷衛澶相滑濮等州開

封大名府界皆衛境也但邶鄘地既入衛其詩為衛事而猶繫其故國之名則不可曉而舊說以此下十三國皆為變風焉

汎芳梵反彼柏舟亦汎其流耿耿古幸反不寐如有隱憂微我無酒以敖音翱以遊比也汎流貌柏木名耿耿小明憂之貌也隱痛也微猶非也　婦人不得於其夫故以柏舟自比言以柏為舟堅緻牢實而不以乘載無所依薄但汎然於水中而已故其隱憂之深如此非為無酒可以敖遊而解之也列女傳以此為婦人之詩今考其辭氣卑順柔弱且居變風之首而與下篇相類豈亦莊姜之詩也歟

我心匪鑒不可以茹音孺亦有兄弟不可以據薄言往愬逢彼之怒賦也鑒鏡茹度據依愬告也　言我心既匪鑒而不

能度物雖有兄弟而又不可依以為重故往告之而反遭其怒也　我心匪石不可轉也我心匪席不可卷音捲也威儀棣棣不可選也賦也棣棣富而閑習之貌選簡擇也　言石可轉而我心不可轉席可卷而我心不可卷威儀無一不善又不可得而簡擇取舍皆自反而無闕之意　憂心悄悄七小反慍于羣小覯音垢閔既多受侮不少靜言思之寤辟音闢有摽音殍賦也悄悄憂貌慍怒意羣小衆妾也言見怒於衆妾也覯見閔病也辟拊心也摽拊心貌　日居月諸胡迭音垤而微心之憂矣如匪澣音緩衣靜言思之不能奮飛比也居諸語辭迭更微虧也匪澣衣謂垢汚不濯之衣奮飛如鳥奮翼而飛去也　言日當常明月則有時而虧猶正嫡當尊衆妾

當畀令衆妾反勝正嫡是日月更迭而虧是以憂之至於煩寃憒眊如衣不澣之衣恨不能奮起而飛去也

柏舟五章章六句

緑兮衣兮緑衣黄裏心之憂矣曷維其已比也緑蒼勝黄之閒色黄中央土之正色閒色賤而以為衣正色貴而以為裏言皆失其所也已止也　莊公惑於嬖妾夫人莊姜賢而失位故作此詩言緑衣黄裏以比賤妾尊顯而正嫡幽微使我憂之不能自已也

緑兮衣兮緑衣黄裳心之憂矣曷維其亡比也上曰衣下曰裳記曰衣正色裳閒色今以緑為衣而黄者自裏轉而為裳其失所益甚矣亡之為言忘也

緑兮絲兮女音汝所治平聲兮我思古人俾無訧音尤叶于其反兮比也女指其君子而言也治謂理而織之

也俾使訧過也　言綠方為絲而女又治之以比妾方少艾而女又嬖之也然則我將如之何哉亦思古人有嘗遭此而善處之者以自勵焉使不至於有過而已

絺兮綌兮淒音妻其以風叶為愔反我思古人實獲我心比也淒寒風也絺綌而遇寒風猶己之過時而見棄也故思古人之善處此者真能先得我心之所求也

綠衣四章章四句

莊姜事見春秋傳此詩無所考姑從序說下三篇同

燕燕于飛差初宜反池其羽之子于歸遠送于野瞻望弗及泣涕如雨興也燕鳦也謂之燕燕者重言之也差池不齊之貌之子指戴嬀也歸大歸也　莊姜無子以陳女戴嬀之子完為己子莊公卒完即位嬖人之子州吁殺之故戴嬀大歸于陳而莊姜送之作此

詩也

燕燕于飛頡與絜反之頏之與杭同之子于歸遠于將之瞻望弗及佇立以泣興也飛而上曰頡飛而下曰頏將送也佇立久立也

燕燕于飛下上其音之子于歸遠送于南瞻望弗及實勞我心興也鳴而上曰上音鳴而下曰下音送于南者陳在衛南

仲氏任平聲只音紙其心塞淵叶一均反終溫且惠淑慎其身先君之思以勗寡人賦也仲氏戴媯字也以恩相信曰任只語辭塞實淵深終竟溫和惠順淑善也先君謂莊公也勗勉也寡人寡德之人莊姜自稱也　言戴媯之賢如此又以先君之思勉我使我常念之而不失其守也楊氏曰州吁之暴桓公之死戴媯之去皆夫人失位不見荅於先君所致也而戴媯猶以先君之思勉其夫人真可謂溫且惠矣

燕燕四章章六句

日居月諸照臨下土乃如之人兮逝不古處胡能有定寧不我顧叶果五反賦也日居月諸呼而訴之也之人指莊公也逝發語辭古處未詳或云以古道相處也胡寧皆何也莊姜不見答於莊公故呼日月而訴之言日月之照臨下土久矣今乃有如是之人而不以古道相處是其心志回惑亦何能有定哉而何為其獨不我顧也見棄如此而猶有望之之意焉此詩之所以為厚也

日居月諸下土是冒乃如之人兮逝不相好呼報反胡能有定寧不我報賦也冒覆也報答也

日居月諸出自東方乃如之人兮德音無良胡能有定俾也可忘賦也日旦必出

東方月望亦出東方德音美其辭無良醜其實也俾也可忘言何獨使我為可忘者邪

日居月諸東方自出父兮母兮畜我不卒胡能有定報我不述

賦也畜養卒終也不得其夫而歎父母養我之不終蓋憂患疾痛之極必呼父母人之至情也述循也言不循義理也

日月四章章六句此詩當在燕燕之前下篇放此

終風且暴顧我則笑叶音燥謔許約反浪笑敖音傲中心是悼

比也終風終日風也暴疾也謔戲言也浪放蕩也悼傷也　莊公之為人狂蕩暴疾莊姜蓋不忍斥言之故但以中風且暴為比言雖其狂暴如此然亦有顧我則笑之時但皆出於戲慢之意而無愛敬之誠則又使我不

敢言而心獨傷之耳蓋莊公暴慢無常而莊姜正靜自守所以忤其意而不見答也

終風且霾與埋同惠然肯來莫往莫來悠悠我思比也霾雨土蒙霧也惠順也悠悠思之長也終風且霾以比莊公之狂惑也雖云狂惑然亦或惠然而肯來但又有莫往莫來之時則使我悠悠而思之望其君子之深厚之至也

終風且曀與縊同不日有曀寤言不寐願言則嚏音帝同比也陰而風曰曀有又也不日有曀言既曀矣不旋日而又曀也亦比人之狂惑暫開而復蔽也願思也嚏鼽嚏也人氣感傷閉鬱又為風霧所襲則有是疾也

曀曀其陰虺虺其靁寤言不寐願言則懷比也曀曀陰貌虺虺靁將發而未震之聲以比人之狂惑愈深而未已也懷思也

終風四章章四句說見上

擊鼓其鏜與湯同踊躍用兵土國城漕我獨南行賦也鏜擊鼓聲也踊躍坐作擊刺之狀也兵謂戈戟之屬土土功也國國中也漕衛邑名衛人從軍者自言其所為因言衛國之民或役土功於國或築城於漕而我獨南行有鋒鏑死亡之憂危苦尤甚也

從孫子仲平陳與宋不我以歸憂心有沖與充同賦也孫氏子仲字時軍帥也平和也合二國之好也舊說以此為春秋隱公四年州吁自立之時宋衛陳蔡伐鄭之事恐或然也以猶與也言不與我而歸也

爰居爰處爰喪息浪反其馬于以求之于林之下賦也爰於也於是居於是處於是喪其馬而求之於林下見其失伍離次無鬭志也

死生契與挈

同闊與子成說執子之手與子偕老賦也契闊隔遠之意成說謂成其約誓之言從役者念其室家因言始為室家之時期以死生契闊不相忘棄又相與執手而期以偕老也

于音吁下同嗟闊兮不我活兮于嗟洵音荀兮不我信師人反兮賦也于嗟歎辭也闊契闊也活生洵信也信與申同言昔者契闊之約如此而今不得活偕老之信如此而今不得伸意必死亡不復得與其室家遂前約之信也

擊鼓五章章四句

凱風自南吹彼棘心棘心夭夭與腰同母氏劬勞叶音僚比也南風謂之凱風長養萬物者也棘小木叢生多刺難長而心又其稚弱而未成者也夭夭少好貌劬勞病苦也

衛之淫風流行雖有七子之母猶不能安其室故其子作此詩以凱風比母棘心比子之幼時蓋曰母生衆子幼而育之其劬勞甚矣本其始而言以起自責之端也

凱風自南吹彼棘薪母氏聖善我無令人

興也聖叡令善也棘可以為薪則成矣然非美材故以興子之壯大而無善也復以聖善稱其母而自謂無令人其自責也深矣

爰有寒泉在浚之下叶後五反有子七人母氏勞苦

興也浚衛邑諸子自責言寒泉在浚之下猶能有所滋益於浚而有子七人反不能事母而使母至於勞苦乎於是乃若微指其事而痛自刻責以感動其母心也母以淫風流行不能自守而諸子自責但以不能事母使母勞苦為辭婉辭幾諫不顯其親之惡可謂孝矣下章放此

睍與演同睆與莞同黃鳥載好其音有子七人莫慰母心

興也睍睆清和圓轉之意言黄鳥猶能好其音以悅人而我七子獨不能慰悅母心哉

凱風四章章四句

雄雉于飛泄泄與異同其羽我之懷矣自詒伊阻興也雉野雞雄者有冠長尾身有文采善鬬泄泄飛之緩也懷思詒遺阻隔也婦人以其君子從役于外故言雄雉之飛舒緩自得如此而我之所思者乃從役于外而自遺阻隔也

雄雉于飛下上時掌反其音展矣君子實勞我心興也下上其音言其飛鳴自得也展誠也言誠又言實所以甚言此君子之勞我心也

瞻彼日月悠悠我思叶新齋反道之云遠曷云能來叶陵之反賦也悠悠思之長也見日月之往來而思其君子從役之久也

百爾

君子不知德行下孟反叶户郎反不忮與至同不求何用不臧賦也

百猶凡也忮害求貪臧善也言凡爾君子豈不知德行乎若能不忮害又不貪求則何所為而不善哉憂其遠行之犯患冀其善處而得全也

雄雉四章章四句

匏有苦葉濟有深涉深則厲淺則揭與器同比也匏瓠也匏之苦者不可食特可佩以渡水而已然今尚有葉則亦未可用之時也濟渡處也行渡水曰涉以衣而涉曰厲褰衣而涉曰揭此刺淫亂之詩言匏未可用而渡處方深行者當量其淺深而後可渡以比男女之際亦當量度禮義而行也

有瀰與米同濟盈有鷕以小反雉鳴濟盈不濡軌與晷

同叶居有反雉鳴求其牡比也瀰水滿貌鷕雌雉聲軌車轍也飛曰雌雄走曰牝牡　夫濟盈必濡其轍雉鳴當求其雄此常理也今濟盈而曰不濡軌雉鳴而反求其牡以比淫亂之人不度禮義非其配耦而犯禮以相求也

雝雝鳴鴈叶魚旰反旭許玉反日始旦士如歸妻迨冰未泮賦也雝雝聲之和也鴈鳥名似鵝畏寒秋南春北旭日初出貌昏禮納采用鴈親迎以昏而納采請期以旦歸妻以冰泮而納采請期迨冰未泮之時　言古人之於婚姻其求之不暴而節之以禮如此以深刺淫亂之人也

招招音韶舟子叶奬里反人涉卬與昂同否叶蒲美反人涉卬否卬須我友叶羽軌反　比也招招號召之貌舟子舟人主濟渡者卬我也　舟人招人以渡人皆從之而我獨否者待我友之招而後從之也以比男女必待其配耦而相從而刺此人之不然也

匏有苦葉四章章四句

習習谷風以陰以雨黽勉同心不宜有怒叶暖五反采葑與封同采菲與匪同無以下體德音莫違及爾同死叶想止反比也習習和舒也東風謂之谷風葑蔓菁也菲似葍莖麤葉厚而長有毛下體根也葑菲根莖皆可食而其根則有時而美惡德音美譽也婦人為夫所棄故作此詩以敘其悲怨之情言陰陽和而後雨澤降如夫婦和而後家道成故為夫婦者當黽勉以同心而不宜至於有怒又言采葑菲者不可以其根之惡而棄其莖之美如為夫婦者不可以其顏色之衰而棄其德音之善但德音之不違則可以與爾同死矣

行道遲遲中心有違不遠伊邇薄送我畿音祈誰謂荼音徒苦其甘如

薺音泚宴爾新昏如兄如弟待禮反○賦而比也遲遲舒行貌違相背也畿門內也荼苦菜蓼屬也詳見良耜薺甘菜宴樂也新昏夫所更娶之妻也言我之被棄行於道路遲遲不進蓋其足欲前而心有所不忍如相背然而故夫之送我乃不遠而甚邇亦至其門內而止耳又言荼雖甚苦反甘如薺以比己之見棄其苦有甚於荼而其夫方且宴樂其新昏如兄如弟而不見恤蓋婦人從一而終今雖見棄猶有望夫之情厚之至也

涇以渭濁湜湜音殖其沚音止宴爾新昏不我屑以毋逝我梁毋發我笱與苟同我躬不閱遑恤我後胡口反○比也涇渭二水名涇水出今原州百泉縣笄頭山東南至永興軍高陵入渭渭水出渭州渭源縣鳥鼠山至同州馮翊縣入河湜湜清貌沚水渚也屑潔以與逝之也梁堰石障水而空其中以通魚之往來者也笱以

竹為器而承梁之空以取魚者也閱容也 涇濁渭清
然涇未屬渭之時雖濁而未甚見由二水既合而清濁
益分然其別出之渚流或稍緩則猶有清處婦人以自
比其容貌之衰久矣人以新昏形之益見憔悴然其心
則固猶有可取者但以故夫之安於新昏故不以我為
潔而與之耳又言毋逝我之梁毋發我之笱以比欲戒
新昏毋居我之處毋行我之事而又自思我身且不見
容何暇恤我已去之後哉知不能禁而絕意之辭也

就其深矣方之舟之就其淺矣泳之游之何有何亡
黽勉求之凡民有喪匍音蒲匐蒲卜反救叶居尤反之興也方桴舟船也潛
行曰泳浮水曰游匍匐手足並行急遽之甚也 婦人
自陳其治家勤勞之事言我隨事盡其心力而為之深
則方舟淺則泳游不計其有與亡而勉強以
求之又周睦其鄰里鄉黨莫不盡其道也

不我能

慉與畜同反以我為讎既阻我德賈音古用不售與壽同叶市周反

昔育恐育鞠與菊同及爾顛覆與福同既生既育比予于毒

賦也慉養阻却鞠窮也承上章言我於女家勤勞如此而女既不我養而反以我為仇讎惟其心既拒却我之善故雖勤勞如此而不見取如賈之不見售也因念其昔時相與為生惟恐其生理窮盡而及爾皆至於顛覆今既遂其生矣乃反比我於毒而棄之乎張子曰育恐謂生於恐懼之中育鞠謂生於困窮之際亦通

我有旨蓄勅六反亦以御音語冬宴爾新昏以我御窮有洸音光有潰音繪既詒我肄音異不念昔者伊余來塈

興也旨美蓄聚御當也洸武貌潰怒色也肄勞塈息也又言我之所以蓄聚美菜者蓋欲以御冬月乏無之時至於春夏則不食

之矣今君子安於新昏而厭棄我是但使我禦其窮苦之時至於安樂則棄之也又言於我極其武怒而盡遺我以勤勞之事曾不念昔者我之來息時也追言其始見君子之時接禮之厚怨之深也

谷風六章章八句

式微式微胡不歸微君之故胡為乎中露賦也式發語辭微猶衰也再言之者言衰之甚也微猶非也中露露中也言有霑濡之辱而無所芘覆也舊說以為黎侯失國而寓於衛其臣勸之曰衰微甚矣何不歸哉我若非以君之故則亦胡為而辱於此哉

式微式微胡不歸微君之躬胡為乎泥中賦也泥中言有陷溺之難而不見拯救也

式微二章章四句此無所考姑從序說

旄丘之葛叶居謁反兮何誕音憚之節兮叔兮伯叶音逼兮何多日也　興也前高後下曰旄丘誕闊也叔伯衛之諸臣也舊說黎之臣子自言久寓於衛時物變矣故登旄丘之上見其葛長大而節疏闊因託以起興曰旄丘之葛何其節之闊也衛之諸臣何其多日而不見救也此詩本責衛居而但斥其臣可見其優柔而不迫也

何其處也必有與也何其久叶舉里反也必有以也　賦也處安處也與與國也以他故也因上章何多日也而言何其安處而不來意必有與國相俟而俱來耳又言何其久而不來意其或有他故而不得來耳詩之曲盡人情如此

狐裘蒙戎匪車不東叔兮伯兮靡所與同　賦也大夫狐蒼裘蒙戎亂貌言弊也又自言客久而裘弊矣豈我之車不東告於女乎但叔兮伯兮不與我同心雖往告之

而不肯來耳至是始微諷切之或曰狐裘蒙戎指衛大
夫而譏其憒亂之意匪東不東言非其車不肯東來救
我也但其人不肯與俱來耳
今按黎國在衛西前說近是

瑣音鎖兮尾兮流離之子叶奬里反叔兮伯兮褎音又如充耳賦也瑣細尾末也流離漂散也褎多笑貌充耳塞耳
也耳聾之人恒多笑　言黎之君臣流離瑣尾若此其
可憐也而衛之諸臣褎然如塞耳而無聞何哉至是然
後盡其辭焉流離患難之餘而其言
之有序而不迫如此其人亦可知矣

旄丘四章章四句說同上篇

簡兮簡兮方將萬舞日之方中在前上處上聲賦也簡簡易不恭
之意萬者舞之總名武用干戚文用羽籥也日之方中
在前上處言當明顯之處　賢者不得志而仕於伶官

有輕世肆志之心焉故其言如此若自譽而實自嘲也

碩人俁俁音語公庭萬舞有力如虎執轡如組音祖賦也碩大也俁俁大貌轡今之韁也組織絲為之言其柔也御能使馬則轡柔如組矣又自譽其才之無所不備亦上章之意也

左手執籥音藥右手秉翟音笛叶直角反赫如渥音握赭音者叶陟略反公言錫爵賦也執籥秉翟者文舞也籥如笛而六孔或曰三孔翟雉羽也赫赤貌渥厚漬也赭赤色也言其顏色之充盛也公言錫爵即儀禮燕飲而獻工之禮也以碩人而得此則亦辱矣乃反以其賚予之親洽為榮而誇美之亦玩世不恭之意也

山有榛音臻隰有苓音零云誰之思西方美人彼美人兮西方之人兮興也榛似栗而小下濕曰隰苓一名大苦葉似地黃即今甘草也西方美人託

言以指西周之盛王如離騷亦以美人目其君也人曰西方之人者歎其遠而不得見之辭也賢者不得志於衰世之下國而思盛際之顯王故其言如此而意遠矣

簡兮四章三章章四句一章六句舊三章章六句今改定張子曰為祿仕而抱關擊柝則猶恭其職也為伶官則雜於侏儒俳優之間不恭甚矣其得謂之賢者雖其迹如此而其中固有以過人又能卷而懷之是亦可以為賢矣東方朔似之

毖音祕彼泉水亦流于淇有懷于衛靡日不思叶新齋反孌音臠彼諸姬聊與之謀叶謨悲反興也毖泉始出之貌泉水即今衛州共城之百泉也淇水出相州林慮縣東流泉水自西北而東南來注之孌好貌諸姬謂姪娣也衛女嫁於諸侯父母終思歸寧而不

得故作此詩言毖然之泉水亦流于淇矣我之有懷于衛則亦無日而不思矣是以即諸姬而與之謀為歸衛之計如下兩章之云也

出宿于泲音濟飲餞音踐于禰音你女子有行遠去聲父母兄弟問我諸姑遂及伯姊叶獎里反

賦也泲地名飲餞者古之行者必有祖道之祭祭畢處者送之飲於其側而後行也禰亦地名皆自衛來時所經之處也諸姑伯姊即所謂諸姬也言始嫁來時則固已遠其父母兄弟矣況今父母既終而復可歸哉是以問於諸姑伯姊而謀其可否云耳鄭氏曰國君夫人父母在則歸寧沒則使大夫寧於兄弟

出宿于干叶居焉反飲餞于言載脂載舝音轄叶下介反還音旋車言邁遄市專反臻于衛不瑕有害

賦也干言地名適衛所經之地也脂以脂膏塗其舝使滑澤也舝車軸也不駕則脫之設

之而後行也還回旋也旋其嫁來之車也遄疾臻至也瑕何古音相近通用言如是則其至衛疾矣然豈不害於義理乎疑之而不敢遂之辭也

我思肥泉茲之永歎叶它滑反思須與漕叶祖俟反我心悠悠駕言出遊以寫我憂賦也肥泉水名須漕衛邑也悠悠思之長也寫除也既不敢歸然其思衛地不能忘也安得出遊於彼而寫其憂哉

泉水四章章六句楊氏曰衛女思歸發乎情也其卒也不歸止乎禮義也聖人著之於經以示後世使知適異國者父母終無歸寧之義則能自克者知所處矣

出自北門叶眉貧反憂心殷殷終窶音巨且貧莫知我艱叶居銀反已焉哉叶將其反下同天實為之謂之何哉比也北門背陽向陰殷殷憂也窶者

貧而無以為禮也衛之賢者處亂世事暗君不得其志故因出北門而賦以自比又歎其貧窶人莫知之而歸之於天也

王事適我政事一埤音琵益我我入自外室人交徧讁音責叶竹棟反我已焉哉天實為之謂之何哉賦也王事王命使為之事也適之也政事其國之政事也一猶皆也埤厚室家讁責也　王事既適我矣政事又一切以埤益我其勞如此而窶貧又甚室人至無以自安而交徧讁我則其困於內外極矣

王事敦叶都回反我政事一埤遺我去聲叶夷回反我入自外室人交徧摧徂回反我已焉哉天實為之謂之何哉賦也敦猶投擲也遺加摧沮也

北門三章章七句

楊氏曰忠信重祿所以勸士也衛之忠臣至於窶貧而莫知其

艱則無勸士之道矣仕之所以不得志也先王視臣如手足豈有以事投遺之而不知其艱哉然不擇事而安之無懟憾之辭知其無可奈何而歸之於天所以為忠臣也

北風其涼雨去聲雪其雱音滂惠而好去聲我攜手同行叶戶郎反其虛其邪音徐下同既亟只音紙且音疽下同比也北風寒涼之風也涼寒氣也雱雪盛貌惠愛行去也虛寬貌邪一作徐緩也亟急也只且語助辭言北風雨雪以比國家危亂將至而氣象愁慘也故欲與其相好之人去而避之且曰是尚可以寬徐乎彼其禍亂之迫已甚而去不可不速矣

北風其喈音皆叶居奚反雨雪其霏音非惠而好我攜手同歸其虛其邪既亟只且比也喈疾聲也霏雨雪分散之狀歸者去而不反之辭也

莫赤匪

狐莫黑匪烏惠而好我攜手同車其虛其邪既亟只且

比也狐獸名似犬黃赤色烏鵶黑色皆不祥之物人所惡見者也所見無非此物則國將危亂可知同行同歸猶賤者也同車則貴者亦去矣

北風三章章六句

靜女其姝音樞俟我於城隅愛而不見搔音騷首踟音池躕音廚

賦也靜者閒雅之意姝美色也城隅幽僻之處不見者期而不至也踟躕猶躑躅也此淫奔期會之詩也

靜女其孌貽我彤音同管叶古克反彤管有煒音偉說音悅懌音亦女美

賦也孌好貌於是則見之矣彤管未詳何物蓋相贈以結殷勤之意耳煒赤貌言既得此物而又悅

懌此女之美也

自牧歸荑洵美且異匪女音汝之為美美人之貽與異同　賦也牧外野也歸亦貽也荑茅之始生者洵信也女指荑而言也言靜女又贈我以荑而其荑亦美且異然非此荑之為美特以美人之所贈故其物亦美耳

靜女三章章四句

新臺有泚音此河水瀰瀰音米燕婉之求籧音蕖篨音除不鮮斯淺反叶想止反　賦也泚鮮明也瀰瀰盛也燕安婉順也籧篨不能俯疾之醜者也蓋籧篨本竹席之名人或編以為囷其狀如人之擁腫而不能俯者故又因以名此疾也鮮少也舊說以為衛宣公為其子伋娶於齊而聞其美欲自娶之乃作新臺於河上而要之國人惡之而作此詩以刺之言齊女本求與伋為燕婉之好而反

得宣公醜惡之人也

新臺有洒音璀叶先典反河水浼浼音每叶美辦反燕婉之求籧篨不殄賦也洒高峻也浼浼平也殄絕也言其病不已也

魚網之設鴻則離之燕婉之求得此戚施興也鴻鴈之大者離麗也戚施不能仰亦醜疾也　言設魚網而反得鴻以興求燕婉而反得醜疾之人所得非所求也

新臺三章章四句凡宣姜事首末見春秋傳然於詩則皆未有考也諸篇放此

二子乘舟汎汎芳劒反其景叶舉兩反願言思子中心養養賦也二子謂伋壽也乘舟渡河如齊也景古影字養養猶漾漾憂不知所定之貌　舊說以為宣公納伋之妻是為宣姜生壽及朔朔與宣姜愬伋於公公令伋之齊使賊先待於隘而殺之壽知之以告伋伋曰君命也不可以

逃壽竊其節而先往賊殺之伋至曰君命殺我壽有何罪賊又殺之國人傷之而作是詩也

二子乘舟汎汎其逝願言思子不瑕有害賦也逝往也不瑕疑辭義見泉水此則見其不歸而疑之也

二子乘舟二章章四句太史公曰余讀世家言至於宣公之子以婦見誅弟壽爭死以相讓此與晉太子申生不敢明驪姬之過同俱惡傷父之志然卒死亡何其悲也或父子相殺兄弟相戮亦獨何哉

邶十九篇七十二章三百六十三句

鄘一之四說見上篇

汎彼柏舟在彼中河髧音萏彼兩髦實維我儀叶牛何反之死矢靡他音拖母也天叶鐵因反只音紙下同不諒人只興也中河中於河也髧髮垂貌兩髦者剪髮夾囟子事父母之飾親死然後去之此蓋指共伯也我共姜自我也儀匹之至矢誓靡無也只語助辭諒信也舊說以為衛世子共伯蚤死其妻共姜守義父母欲奪而嫁之故共姜作此以自誓言柏舟則在彼中河兩髦則實我之匹雖至於死誓無它心母之於我覆育之恩如天罔極而何其不諒我之心乎不及父者疑時獨母在或非父意耳

汎彼柏舟在彼河側髧彼兩髦實維我特之死矢靡慝音忒母也天只不諒人只興也特亦匹也慝邪也以是為慝則其絕之甚矣

柏舟二章章七句

牆有茨不可埽叶蘇后反也中冓音姤之言不可道叶徒厚反也所可道也言之醜也興也茨蒺藜也蔓生細葉子有三角刺人中冓謂舍之交積材木也道言醜惡也舊說以謂宣公卒惠公幼其庶兄頑烝於宣姜故詩人作此詩以刺之言其閨中之事皆醜惡而不可言理或然也

牆有茨不可襄也中冓之言不可詳也所可詳也言之長也興也襄除也詳詳言之也言之長者不欲言而託以語長難竟也

牆有茨不可束也中冓之言不可讀也所可讀也言之辱也興也束束而去之也讀誦言也辱猶醜也

牆有茨三章章六句 楊氏曰公子頑通乎君母閨中之言至不可讀其汚甚矣聖人何取也而著之於經也蓋自古淫亂之君自以為密於閨門之中世無得而知者故自肆而不反聖人所以著之於經使後世為惡者知雖閨門之言亦無隱而不彰也其為訓戒深矣

君子偕老副笄六珈 音加叶居河反 委委 音威 佗佗 音駝 如山如河象服是宜 叶牛何反 子之不淑云如之何 賦也君子夫也偕老言偕生而偕死也女子之生以身事人則當與之同生與之同死故夫死稱未亡人言亦待死而已不當復有他適之志也副祭服之首飾編髮為之笄衡笄也垂于副之兩旁當耳其下以紘懸瑱珈之言加也以玉加於笄而為飾也委委佗佗雍容自得之貌如山安重也如河弘廣也象服法度之服也淑善也 言夫人當與君子偕老故其服

飾之盛如此而雍容自得安重寬廣又有以宜其象服今宣姜之不善乃如此雖有是服亦將如之何哉言不稱也

玼音此兮玼兮其之翟叶去聲也鬒音軫髮如雲不屑髢音第也玉之瑱吐殿反也象之揥敕帝反也揚且音疽之晳音錫叶征例反也胡然而天也胡然而帝也

賦也玼鮮盛貌翟衣祭服刻繒為翟雉之形而彩畫之以為飾也鬒黑也如雲言多而美也屑潔也髢髲髢也人少髮則以髲益之髮自美則不潔於髢而用之也瑱塞耳也象象骨也揥所以摘髮也揚眉上廣也且助語辭晳白也胡然而天胡然而帝言其服飾容貌之美見者驚猶鬼神也

瑳上聲兮瑳兮其之展音戰叶諸延反也蒙彼縐音皺絺是紲音屑袢音半叶汾乾反也子之清揚揚且之顏叶魚堅反也

展如之人兮邦之媛音院叶于權反也賦也瑳亦鮮盛貌展衣者以禮見於君及見賓客之服也蒙覆也縐絺絺之蹙蹙者當暑之服也紲袢束縛意以展衣蒙絺綌而為之紲袢所以自斂飭也或曰蒙謂加絺綌於褻衣之上所謂表而出之也清視清明也揚眉上廣也顏額角豐滿也展誠也美女曰媛見其徒有美色而無人君之德也

君子偕老三章一章七句一章九句一章八句東萊呂氏曰首章之末云子之不淑云如之何責之也二章之末云胡然而天也胡然而帝也問之也三章之末云展如之人兮邦之媛也惜之也辭益婉而意益深矣

爰采唐矣沬音妹之鄉矣云誰之思美孟姜矣期我乎桑

中叶諸良反要音腰我乎上宫叶居王反送我乎淇之上叶辰羊反矣賦也唐蒙菜也一名兎絲沬衛邑也書所謂妹邦者也孟長也姜齊女言貴族也桑中上宫淇上又沬鄉之中小地名也要猶迎也衛俗淫亂世族在位相竊妻妾故此人自言将采唐於沬而與其所思之人相期會迎送如此也

爰采麥叶訖力反矣沬之北矣云誰之思美孟弋矣期我乎桑中要我乎上宫送我乎淇之上矣賦也麥穀名秋種夏熟者弋春秋或作姒蓋杞女夏后氏之後亦貴族也

爰采葑矣沬之東矣云誰之思美孟庸矣期我乎桑中要我乎上宫送我乎淇之上矣賦也葑蔓菁也庸未聞疑亦貴族也

桑中三章章七句樂記曰鄭衛之音亂世之音也比於慢矣桑間濮上之音亡國之音也其政散其民流誣上行私而不可止也按桑間即此篇故小序亦用樂記之語

鶉音純之奔奔鵲之彊彊音姜人之無良我以為兄叶虛王反 興也鶉鶴屬奔奔彊彊居有常匹飛則相隨之貌人謂公子頑良善也 衛人刺宣姜與頑非匹耦而相從也故為惠公之言以刺之曰人之無良鶉鵲之不若而我反以為兄何哉

鵲之彊彊鶉之奔奔叶逋珉反人之無良我以為君 興也人謂宣姜君小君也

鶉之奔奔二章章四句 范氏曰宣姜之惡不可勝道也國人疾而刺之或遠言焉或切言焉遠言之者君子偕老是也切言之者鶉之奔奔是也衛詩至此而人道盡天理滅矣

中國無以異於夷狄人類無以異於禽獸而國隨以亡矣胡氏曰楊時有言詩載此篇以見衛為狄所滅之因也故在定之方中之前因以是說考於歷代凡淫亂者未有不至於殺身敗國而亡其家者然後知古詩垂戒之大而近世有獻議乞於經筵不以國風進講者殊失聖經之旨矣

定音訂之方中作于楚宮揆之以日作于楚室樹之榛栗椅音醫桐梓漆爰伐琴瑟

賦也定北方之宿營室星也此星昏而正中夏正十月也於是時可以營制宫室故謂之營室楚宫楚丘之宫也揆度也樹八尺之臬而度其日之出入之景以定東西又參日中之景以正南北也楚室猶楚宮互文以協韻耳榛栗二木其實榛小栗大皆可供籩實椅梓實桐皮桐梧桐也梓楸之疎理白色而生子者漆木有液黏黑可飾器物四木皆琴瑟之材也爰於也

衛為狄所滅文公

徙居楚丘營立宮室國人悅之而作是詩以美之蘇氏曰種木者求用於十年之後其不求近功凡此類也

升彼虛音墟叶起呂反矣以望楚矣望楚與堂景山與京叶居良反降觀于桑卜云其吉終焉允臧賦也虛故城也楚楚丘也堂楚丘之旁邑也景測景以正方面也與既景迺岡之景同或曰景山名見商頌京高丘也桑木名葉可飼蠶者觀之以察其土宜也允信臧善也　此章本其始之望景觀卜而言以至於終而果獲其善也

靈雨既零命彼倌音官人星言夙駕說音稅于桑田叶徒因反匪直也人秉心塞淵叶一均反騋音來牝三千叶倉新反賦也靈善零落也倌人主駕者也星見星也說舍止也秉操塞實淵深也馬七尺以上為騋　言方春時雨既降而農桑之務作文公於是命主駕者晨起

駕車亟往而勞勸之然非獨此人所以操其心者誠實而淵深也蓋其所畜之馬七尺而牝者亦已至於三千之衆矣蓋人操心誠實而淵深則無所為而不成其致此富盛宜矣記曰問國君之富數馬以對今言騋牝之衆如此則生息之蕃可見而衛國之富亦可知矣此章又要其中而言也

定之方中三章章七句 按春秋傳衛懿公九年冬狄入衛懿公及狄人戰于熒澤而敗死焉宋桓公迎衛之遺民渡河而南立宣姜子申以廬于漕是為戴公是年卒立其弟燬是為文公文公於是齊桓公合諸侯以城楚丘而遷衛焉文公大布之衣大帛之冠務材訓農通商惠工敬教勸學授方任能元年革車三十乘季年乃三百乘

蝃音帝蝀音涷在東莫之敢指女子有行遠去聲父母兄弟比也

蝃蝀虹也日與雨交倏然成質似有血氣之類乃陰陽之氣不當交而交者蓋天地之淫氣也在東者莫虹也虹隨日所映故朝西而莫東也　此刺淫奔之詩言蝃蝀在東而人不敢指以比淫奔之惡人不可道況女子有行又當遠其父母兄弟豈可不顧此而冒行乎

朝隮音賫于西崇朝其雨女子有行遠兄弟父母叶滿補反

比也隮升也周禮十煇九曰隮注以為虹蓋忽然而見如自下而升也崇終也從旦至食時為終朝言方雨而虹見則其雨終朝而止矣蓋淫慝之氣有害於陰陽之和也今俗謂虹能截雨信然

乃如之人也懷昏姻也大無信叶斯人反也不知命叶爾并反也

賦也乃如之人指淫奔者而言昏姻謂男女之欲程子曰女子以不自失為信命正禮也　言此淫奔之人但知思念男女之欲是不能自守其貞信之節而不知天理之正也程子曰

人雖不能無欲然當有以制之無以制之而惟欲之從則人道廢而入於禽獸矣以道制欲則能順命

蝃蝀三章章四句

相去聲鼠有皮叶蒲何反人而無儀叶牛何反人而無儀不死何為叶吾何反興也相視也鼠蟲之可賤惡者言視彼鼠而猶必有皮可以人而無儀乎人而無儀則其不死亦何為哉

相鼠有齒人而無止人而無止不死何俟叶羽巳反又音始興也止容止也俟待也

相鼠有體人而無禮人而無禮胡不遄死叶相止反興也體支體也遄速也

相鼠三章章四句

孑孑（音結）干旄在浚（音峻）之郊（叶音高）素絲紕（音避）之良馬四之彼姝（音樞）者子何以畀（音庇）之 賦也孑孑特出之貌干旄以旄牛尾注於旗干之首而建之車後也浚衛邑名邑外謂之郊紕織組也蓋以素絲織組而維之也四之兩服兩驂凡四馬以載之也姝美也子指所見之人也畀與也 言衛大夫乘此車馬建此旌旄以見賢者彼其所見之賢者將何以畀之而答其禮意之勤乎

孑孑干旟在浚之都素絲組（音祖）之良馬五之彼姝者子何以予（音與）之 賦也旟州里所建鳥隼之旗也上設旌旄其下繫斿斿下屬縿皆畫鳥隼也下邑曰都 五之五馬言其盛也

孑孑干旌在浚之城素絲祝之良馬六之彼姝者子何以告（音谷）之 賦也析羽為旌干旌蓋析翟羽設於

旗干之首也城都城也祝屬也六之六馬極其盛而言也

干旄三章章六句

此上三詩小序皆以為文公時詩葢見其列於定中載馳之間故爾他無所考也然衛本以淫亂無禮不樂善道而亡其國今破滅之餘人心危懼正其有以懲創往事而興起善端之時也故其為詩如此葢所謂生於憂患死於安樂者小序之言疑亦有所本云

載馳載驅叶祛尤反歸唁衛侯驅馬悠悠言至於漕叶徂侯反大夫跋涉我心則憂

賦也載則也弔失國曰唁悠悠遠而未至之貌草行曰跋水行曰涉宣姜之女為許穆公夫人閔衛之亡馳驅而歸將以唁衛侯於漕邑未至而許之大夫有奔走跋涉而來者夫人知其必將以不可歸之義來告故心以為憂也既而終不果歸乃作此詩以自言其意爾

既不我

嘉不能旋反視爾不臧我思不遠既不我嘉不能旋濟視爾不臧我思不閟賦也嘉臧皆善也遠猶忘也濟渡也自許歸衛必有所渡之水也閟閟也止也言思之不止也　言大夫既至而果不以我歸為善則我亦不能旋反而濟以至於衛矣雖視爾不以我為善然我之所思終不能自已也

陟彼阿丘言采其蝱音盲叶謨郎反女子善懷亦各有行叶戶郎反許人尤之衆穉音稚且狂賦也偏高曰阿丘蝱貝母也主療鬱結之疾善懷多憂思也猶漢書云岸善崩也行道尤過也　又言以其既不適衛而思終不止也故其在塗或升高以舒憂想之情或采蝱以療鬱結之疾蓋女子所以善懷者亦各有道而許國之衆人以為過則亦少不更事而狂妄之人爾許人守禮非穉且狂也但以其不知己情之切至而言若是爾然而

卒不敢違焉則亦豈真以為穉且狂哉

我行其野芃芃音蓬其麥叶訖力反控于大邦誰因誰極大夫君子無我有尤叶于其反百爾所思叶新齋反不如我所之

賦也芃芃麥盛長貌控持而告之也因如因魏莊子之因極至也大夫即跋涉之大夫君子謂許國之衆人也 又言歸塗在野而涉芃芃之麥又自傷許國之小而力不能救故思欲為之控告于大邦而又未知其將何所因而何所至乎大夫君子無以我為有過雖爾所以處此百方然不如使我得自盡其心之為愈也

載馳四章二章章六句二章章八句

事見春秋傳舊說此詩五章一章六句二章三章四句四章六句五章八句蘇氏合二章三章以為一章按春秋傳叔孫豹賦

載馳之四章而取其控于大邦誰因誰極之意與蘇説合今從之范氏曰先王制禮父母沒則不得歸寧者義也雖國滅君死不得往赴焉義重於亡故也

鄘國十篇二十九章百七十六句

衛一之五

瞻彼淇奧（音與郁同）綠竹猗猗（音醫叶於何反）有匪君子如切如磋（平聲）如琢如磨瑟兮僩（音限）兮赫兮咺（況晚反）兮有匪君子終不可諼（音喧叶況遠反）兮

興也淇水名奧隈也綠色也淇上多竹漢世猶然所謂淇園之竹是也猗猗始生柔弱而美盛也匪斐通文章著見之貌也君子指武公也治骨角者既切以刀斧而復磋以鑢鐋治玉

石者既琢以槌鑿而復磨以沙石言其德之修飾有進而無已也瑟矜莊貌僩威嚴貌咺宣著貌諼忘也衛人美武公之德而以綠竹始生之美盛興其學問自修之進益也大學傳曰如切如磋者道學也如琢如磨者自修也瑟兮僩兮者恂慄也赫兮咺兮者威儀也有斐君子終不可諼兮者道盛德至善民之不能忘也

瞻彼淇奧綠竹青青音精有匪君子充耳琇瑩音營會音怪弁如星瑟兮僩兮赫兮咺兮有匪君子終不可諼兮興也青青堅剛茂盛之貌充耳瑱也琇瑩美石也天子玉瑱諸侯以石會縫也弁皮弁也以玉飾皮弁之縫中如星之明也以竹之堅剛茂盛興其服飾之尊嚴而見其德之稱也

瞻彼淇奧綠竹如簀音責叶側歷反有匪君子如金如錫如圭如璧寬兮綽兮猗音倚

重平聲較音角兮善戲謔兮不為虐兮興也簀棧也竹之密比似之則盛之至也金錫言其鍛鍊之精純圭璧言其生質之溫潤寬宏裕也綽開大也猗歎辭也重較卿士之車也較兩輢上出軾者謂車兩旁也善戲謔不為虐者言其樂易而有節也　以竹之至盛興其德之成就而又言其寬廣而自如和易而中節也蓋寬綽無斂束之意戲謔非莊厲之時皆常情所忽而易致過差之地也然猶可觀而必有節也則其動容周旋之間無適而非禮亦可見矣禮曰張而不弛文武不能也弛而不張文武不為也一張一弛文武之道也此之謂也

淇奧三章章九句按國語武公年九十有五猶箴儆于國曰自卿以下至于師長士苟在朝者無謂我老耄而舍我必恪恭於朝以交戒我遂作懿戒之詩以自警而賓之初筵亦武

公悔過之作則其有文章而能聽規諫以禮自防也可知矣衛之他君蓋無足以及此者故序以此詩為美武公而今從之也

考槃在澗叶居賢反碩人之寬叶區權反獨寐寤言永矢弗諼音喧

賦也考成也槃盤桓之意言成其隱處之室也陳氏曰考扣也槃器名蓋扣之以節歌如鼓盆拊缶之為樂也二說未知孰是山夾水曰澗碩大寬廣永長矢誓諼忘也　詩人美賢者隱處澗谷之間而碩大寬廣無戚戚之意雖獨寐而寤言猶自誓其不忘此樂也

考槃在阿碩人之薖音科獨寐寤歌永矢弗過音戈

賦也曲陵曰阿薖義未詳或云亦寬大之意也永矢弗過自誓所願不踰於此若將終身之意也

考槃在陸碩人之軸獨寐寤宿永矢弗

告音谷賦也高平曰陸軸盤桓不行之意寤宿已覺而猶卧也弗告者不以此樂告人也

考槃三章章四句

碩人其頎音祈衣錦去聲褧音頃衣齊侯之子衛侯之妻東宮之妹邢侯之姨譚公維私賦也碩人指莊姜也碩長貌錦文衣也褧襌也錦衣而加褧焉為其文之太著也東宮太子所居之宮齊太子得臣也繫太子言之者明與同母言所生之貴也女子後生曰妹妻之姊妹曰姨姊妹之夫曰私邢侯譚公皆莊姜姊妹之夫互言之也諸侯之女嫁於諸侯則尊同故歷言之　莊姜事見邶風綠衣等篇春秋傳曰莊姜美而無子衛人為之賦碩人即謂此詩而其首章極稱其族類之貴以見其為正嫡小君所宜親厚而重歎莊公之昏惑也

手如柔荑音啼膚如

凝脂領如蝤音囚蠐音齊齒如瓠音互犀螓音秦首蛾眉巧笑倩兮美目盼叶四見反兮賦也茅之始生曰荑言柔而白也凝脂脂寒而凝者亦言白也領頸也蝤蠐木蟲之白而長者瓠犀瓠中之子方正潔白而比次整齊也螓如蟬而小其額廣而方正蛾蠶蛾也其眉細而長曲倩口輔之美也盼黑白分明也此章言其容貌之美猶前章之意也

碩人敖敖音翺說于農郊叶音高四牡有驕音蹻叶音高朱幩鑣鑣音標翟茀音弗以朝音潮叶直豪反大夫夙退無使君勞賦也敖敖長貌說舍也農郊近郊也四牡車之四馬驕壯貌幩鑣飾也鑣者馬銜外鐵人君以朱纏之也鑣鑣盛也翟翟車也夫人以翟羽飾車茀蔽也婦人之車前後設蔽夙早也玉藻曰君日出而視朝退適路寢聽政使人視大夫大夫退然後適小寢釋服

此言莊姜自齊來嫁舍止近郊乘是車馬之盛以入君之朝國人樂得以為莊公之配故謂諸大夫朝於君者宜早退無使君勞於政事不得與夫人相親而歎今之不然也

河水洋洋北流活活音括叶户劣反施罛音孤濊濊呼活反叶許月反鱣音邅鮪音洧發發音撥叶方月反葭音加菼他覽反揭揭音孑庶姜孽孽庶士有朅音挈

賦也河在齊西衛東北流入海洋洋盛大貌活活流貌施設也罛魚罟也濊濊罟入水聲也鱣魚似龍黃色銳頭口在頷下背上腹下皆有甲大者千餘斤鮪似鱣而小色青黑發發盛貌菼薍也亦謂之荻揭揭長也庶姜謂姪娣孽孽盛飾也庶士謂媵臣朅武貌　言齊地廣饒而夫人之來士女佼好禮儀盛備如此亦首章之意也

碩人四章章七句

氓之蚩蚩（音癡）抱布貿（音茂）絲（叶新齎反）匪來貿絲來即我謀（叶謨悲反）送子涉淇至于頓丘（叶祛奇反）匪我愆期子無良媒（叶謨悲反）將（音槍）子無怒秋以為期（賦也氓民也蓋男子而不知其誰何之稱也蚩蚩無知之貌蓋怨而鄙之也布幣貿買也貿絲蓋初夏之時也頓丘地名愆過也將願也請也　此淫婦為人所棄而自敘其事以道其悔恨之意也夫既與之謀而不遂往又責所無以難其事再為之約以堅其志此其計亦狡矣以御蚩蚩之氓宜其有餘而不免於見棄蓋一失其身人所賤惡始雖以欲而迷後必以時而悟是以無往而不困耳士君子立身一敗而萬事瓦裂者何以異此可不戒哉）

乘彼垝（音鬼）垣（音袁）以望復關（叶圭員反）不見復關泣涕漣漣（音連）既見復關載笑載言爾

卜爾筮體無咎言以爾車來以我賄呼罪反遷賦也垝毀垣牆也復關男子之所居也不敢顯言其人故託言之耳龜曰卜著曰筮體兆卦之體也賄財遷徙也與之期矣故及期而乘垝垣以望之既見之矣於是問其卜筮所得兆之體若無凶咎之言則以爾之車來迎當以我之賄往遷也

桑之未落其葉沃若于音吁下同嗟鳩兮無食桑葚音甚叶知林反于嗟女兮無與士耽叶持林反士之耽兮猶可說也女之耽兮不可說也比而興也沃若潤澤貌鳩鶻鳩也似山雀而小短尾青黑色多聲葚桑實也鳩食葚多則致醉耽相樂也說解也言桑之潤澤以比己之容色光麗然又念其不可恃此而從欲忘反故遂戒鳩無食桑葚以興下句戒女無與士耽也士猶可說而女不可說者婦人被棄之後深自愧悔之

辭主言婦人無外事唯以貞信為節一失其正則餘無足觀爾不可便謂士之耽惑實無所妨也

桑之落矣其黃而隕叶于貧反自我徂爾三歲食貧淇水湯湯音傷漸音尖車帷裳女也不爽叶師莊反士貳其行去聲叶戶郎反士也罔極二三其德比也隕落徂往也湯湯水盛貌漸漬也帷裳車飾亦名童容婦人之車則有之爽差極至也言桑之黃落以比己之容色凋謝遂言自我往之爾家而值爾之貧於是見棄復乘車而渡水以歸復自言其過不在此而在彼也

三歲為婦靡室勞矣夙興夜寐靡有朝叶直豪反矣言既遂矣至于暴矣兄弟不知咥音戲其笑叶音燥矣靜言思之躬自悼矣賦也靡不夙早興起也咥笑貌言我三歲為婦盡

心竭力不以室家之務為勞早起夜卧無有朝夕之暇與爾始相謀約之言既遂而爾遽以暴戾加我兄弟見我之歸不知其然但咥然其笑而已蓋淫奔從人不為兄弟所齒故其見棄而歸亦不為兄弟所恤理固有必然者亦何所歸咎哉但自痛悼而矣

及爾偕老老使我怨淇則有岸叶魚戰反隰則有泮音畔叶匹見反總角之宴言笑晏晏叶伊佃反信誓旦旦叶得絹反不思其反叶孚絢反反是不思叶新齋反亦已焉哉叶將黎反

賦而興也及興也泮涯也高下之判也總角女子未許嫁則未笄但結髮為飾也晏晏和柔也旦旦明也言我與汝本期偕老不知老而見棄如此徒使我怨也淇則有岸矣隰則有泮矣而我總角之時與爾宴樂言笑成此信誓曾不思其反復以至於此也此則興也既不思其反復而至此矣則亦如之何哉亦已而已矣傳

曰思其終也思其復也思其反之謂也

氓六章章十句

籊籊音笛竹竿以釣于淇豈不爾思遠莫致之賦也籊籊長而殺也竹衛物淇衛地也衛女嫁於諸侯思歸寧而不可得故作此詩言思以竹竿釣于淇水而遠不可得也

泉源在左淇水在右叶羽軌反女子有行遠去聲父母兄弟叶滿彼反賦也泉源即百泉也在衛之西北而東南流入淇故曰在左淇在衛之西南而東流與泉源合故曰在右思二水之在衛而自歎其不如也

淇水在右泉源在左巧笑之瑳上聲佩玉之儺乃可反賦也瑳鮮白色笑而見齒其色瑳然猶所謂粲然皆笑也儺行有度

也承上章言二水在衛而自恨其不得笑語遊戲於其閒也

淇水滺滺音由檜楫松舟駕言出遊以寫我憂賦也滺滺流貌檜木名似柏楫所以行舟也與泉水之卒章同意

竹竿四章章四句

芄音丸蘭之支童子佩觿音畦雖則佩觿能不我知容兮遂兮垂帶悸其季反兮興也芄蘭草一名蘿摩蔓生斷之有白汁可啖支枝同觿錐也以象骨為之所以解結成人之佩非童子之飾也知猶智也言其才能不足以知於我也容遂舒緩放肆之貌悸帶下垂之貌

芄蘭之葉童子佩韘雖則佩韘能不我甲容兮遂兮垂帶悸兮興也韘決也以象骨為之著右手大指所以鉤弦闓體鄭氏曰沓也即大射所謂朱

極三是也以朱韋為之用以彄沓右手食指將指無名指也甲長也言其才能不足以長於我也

芄蘭二章章六句此詩不知所謂不敢强解

誰謂河廣一葦音偉杭之誰謂宋遠跂音企予望叶武方反之賦也葦蒹葭之屬杭度也衛在河北宋在河南　宣姜之女為宋桓公夫人生襄公而出歸于衛襄公即位夫人思之而義不可往蓋嗣君承父之重與祖為體母出與廟絕不可以私反故作此詩言誰謂河廣乎但以一葦加之則可以渡矣誰謂宋國遠乎但一跂足而望則可以見矣明非宋遠而不可至也乃義不可而不得往耳

誰謂河廣曾不容刀誰謂宋遠曾不崇朝賦也小船曰刀不容刀言小也崇終也行不終朝而至言近也

河廣二章章四句

范氏曰夫人之不往義也天下豈有無母之人歟有千乘之國而不得養其母則人之不幸也爲襄公者將若之何生則致其孝沒則盡其禮而已衛有婦人之詩自共姜至於襄公之母六人焉皆止於禮義而不敢過也夫以衛之政教淫僻風俗傷敗然而女子乃有知禮而畏義如此者則以先王之化猶有存焉故也

伯兮朅兮音挈邦之桀兮伯也執殳音殊爲去聲王前驅賦也伯婦人目其夫之字也朅武貌桀才過人也殳長丈二而無刃婦人以夫久從征役而作是詩言其君子之才之美如是今方執殳而爲王前驅也

自伯之東首如飛蓬豈無膏沐誰適音的爲容賦也蓬草名其華如柳絮聚而飛如亂髮也膏所以澤髮者沐滌首去垢也適主也言

我髮亂如此非無膏沐可以為容所以不為者君子行役無所主而為之故也傳曰女為說已容

其雨其雨杲杲古老反出日願言思伯甘心首疾比也其者冀其將然之辭　冀其將雨而杲然日出以比望其君子之歸而不歸也是以不堪憂思之苦而寧甘心於首疾也

焉音煙得諼音萱草言樹之背音佩願言思伯使我心痗音妹賦也諼忘也諼草合歡食之令人忘憂者背北堂也痗病也　言焉得忘憂之草樹之北堂以忘吾憂乎然終不忍忘也是以寧不求此草而但願言思伯雖至於心痗而不辭爾心痗則其病益深非特首疾而已也

伯兮四章章四句范氏曰居而相離則思期而不至則憂此人之情也文王之遣戍役周公之勞歸士皆敘其室家之情男女之思以閔之故其民悅而忘死聖人能通天下之志是

以能成天下之務兵者毒民於死者也孤人之子寡人之妻傷天地之和召水旱之災故聖王重之如不得已而行則告以歸期念其勤勞哀傷慘怛不啻在己是以治世之詩則言其君上閔恤之情亂世之詩則録其室家怨思之苦以為人情不出乎此也

有狐綏綏在彼淇梁心之憂矣之子無裳

比也狐者妖媚之獸綏綏獨行求匹之貌石絶水曰梁在梁則可以裳矣國亂民散喪其妃耦有寡婦見鰥夫而欲嫁之故託言有狐獨行而憂其無裳也

有狐綏綏在彼淇厲心之憂矣之子無帶

叶丁計反　比也厲深水可涉處也帶所以申束衣也在厲則可以帶矣

有狐綏綏在彼淇側心之憂矣之子無服

叶蒲北反　比也濟乎水則可以服矣

有狐三章章四句

投我以木瓜(叶攻乎反)報之以瓊琚(音居)匪報也永以為好(去聲)也(比也木瓜楙木也實如小瓜酢可食瓊玉之美者琚佩玉名　言人有贈我以微物我當報之以重寶而猶未足以為報也但欲其長以為好而不忘耳疑亦男女相贈答之辭如静女之類)

投我以木桃報之以瓊瑶匪報也永以為好也(比也瑶美玉也)

投我以木李報之以瓊玖(音久叶舉里反)匪報也永以為好也(比也玖亦玉名也)

木瓜三章章四句

衛國十篇三十四章二百三句(張子曰衛國地濱大河其地土

薄故其人氣輕浮其地平下故其人質柔弱其地肥饒不費耕耨故其人心怠惰其人情性如此則其聲音亦淫靡故聞其樂使人懈慢而有邪僻之心也鄭詩放此

王一之六

王謂周東都洛邑王城畿內方六百里之地在禹貢豫州大華外方之間北得河陽漸冀州之南也周室之初文王居豐武王居鎬至成王周公始營洛邑為時會諸侯之所以其土中四方來者道里均故也自是謂豐鎬為西都而洛邑為東都至幽王嬖褒姒生伯服廢申后及太子宜臼宜臼奔申申侯怒與犬戎攻宗周殺幽王于戲晉文侯鄭武公迎宜臼于申而立之是為平王徙居東都王城於是王室遂卑與諸侯無異故其詩不為雅而為風然其王號未替也故不曰周而曰王其地則今河南府及懷孟等州是也

彼黍離離彼稷之苗行邁靡靡中心搖搖知我者謂我心憂不知我者謂我何求悠悠蒼天叶鐵因反此何人哉賦而興也黍穀名苗似蘆高丈餘穗黑色實圓重離離垂貌稷亦穀也一名穄似黍而小或曰粟也邁行也靡靡猶遲遲也搖搖無所定也悠悠遠貌蒼天者據遠而視之蒼蒼然也　周既東遷大夫行役至于宗周過故宗廟宮室盡為禾黍閔周室之顛覆彷徨不忍去故賦其所見黍之離離與稷之苗以興行之靡靡心之搖搖既歎時人莫識己意又傷所以致此者果何人哉追怨之深也

彼黍離離彼稷之穗音遂行邁靡靡中心如醉知我者謂我心憂不知我者謂我何求悠悠蒼天此何人哉賦而興也穗秀也稷穗下垂如心之醉故以起興

彼黍離離彼稷之實行邁靡靡中心如噎音咽叶於悉反知我者謂我心憂不知我者謂我何求悠悠蒼天此何人哉

賦而興也噎憂深不能喘息如噎之然稷之實如心之噎故以起興

黍離三章章十句

元城劉氏曰常人之情於憂樂之事初遇之則其心變也次遇之則其變少衰三遇之則其心如常矣至於君子忠厚之情則不然其行役往來固非一見也初見稷之苗矣又見稷之穗矣又見稷之實矣而所感之心終始如一不少變而愈深此則詩人之意也

君子于役不知其期曷至哉叶將黎反雞棲音西于塒音時日之夕矣羊牛下來叶陵之反君子于役如之何勿思叶新齋反賦也君

子婦人目其夫之辭鑿牆而棲曰塒日夕則羊先歸而牛次之　大夫久役于外其室家思而賦之曰君子行役不知其反還之期且今亦何所至哉雞則棲于塒矣日則夕矣牛羊則下來矣是則畜産出入尚有旦暮之節而行役之君子乃無休息之時使我如何而不思也哉

君子于役不日不月曷其有佸音括叶戶劣反雞棲于桀日之夕矣牛羊下括音聒叶古劣反

君子于役苟無飢渴叶巨列反

賦也佸會桀杙括至苟且也　君子行役之久不可計以日月而又不知其何時可以來會也亦庶幾其免於飢渴而已矣此憂之深而思之切也

君子于役二章章八句

君子陽陽左執簧音黄右招我由房其樂音洛只音止且音疽賦

也陽陽得志之貌簧笙竽管中金葉也葢笙竽皆以竹管植於匏中而竅其管底之側以薄金葉障之吹則鼓之而出聲所謂簧也故笙竽皆謂之簧笙十三簧或十九簧竽十六簧也由從也房東房也只且語助辭此詩疑亦前篇婦人所作葢其夫既歸不以行役為勞而安於貧賤以自樂其家人又識其意而深歎美之皆可謂賢矣豈非先王之澤哉或曰序說亦通宜更詳之

君子陶陶左執翿音桃右招我由敖音翺其樂只且

賦也陶陶和樂之貌翿舞者所持羽旄之屬敖舞位也

君子陽陽二章章四句

揚之水不流束薪彼其音記之子不與我戍申懷哉叶胡威反懷哉懷哉曷月予還音旋歸哉

興也揚悠揚也水緩流之貌彼其之子戍人指其室家而言也

戍屯兵以守也申姜姓之國平王之母家也在今鄧州信陽軍之境懷思曷何也平王以申國近楚數被侵伐故遣畿内之民戍之而戍者怨之作此詩也興取之不二字如小星之例

揚之水不流束楚彼其之子不與我戍甫懷哉懷哉曷月予還歸哉

興也楚木也甫即吕也亦姜姓書吕刑禮記作甫刑而孔氏以為吕侯後為甫侯是也當時蓋以申故而并戍之今未知其國之所在計亦不遠於申許也

揚之水不流束蒲叶滂古反彼其之子不與我戍許懷哉懷哉曷月予還歸哉

興也蒲蒲柳春秋傳云董澤之蒲杜氏云蒲楊柳可以為箭者是也許國名亦姜姓今潁昌府許昌縣是也

揚之水三章章六句

申侯與犬戎攻宗周而弑幽王則申侯者王法必誅不赦

之賊而平王與其臣庶不共戴天之讐也今平王知有母而不知有父知其立己為有德而不知其弑父為可怨至使復讐討賊之師反為報施酬恩之舉則其忘親逆理而得罪於天已甚矣又況先王之制諸侯有故則方伯連師以諸侯之師討之王室有故則方伯連師以諸侯之師救之天子鄉遂之民供貢賦衛王室而已今平王不能行其威令於天下無以保其母家乃勞天子之民遠為諸侯戍守故周人之戍申者又以非其職而怨思焉則其衰懦微弱而得罪於民又可見矣嗚呼詩亡而後春秋作其不以此也哉

中谷有蓷吐雷反暵音罕其乾矣有女仳音痞離嘅其嘆音癱矣嘅其嘆矣遇人之艱難矣興也蓷鵻也葉似萑方莖白華華生節間即今益母草也

暵熯仳別也旣暵聲艱難窮厄也凶年饑饉室家相棄婦人覽物起興而自述其悲歎之辭也中谷有蓷暵其脩叶式竹反矣有女仳離條其歗叶息六反矣條其歗矣遇人之不淑矣興也脩長也或曰乾也如脯之謂脩也條條然歗貌歗蹙口出聲也悲恨之深不止於暵矣淑善也古者謂死喪饑饉皆曰不淑蓋以吉慶為善事凶禍為不善事雖今人語猶然也曾氏曰凶年而遽相棄背蓋衰薄之甚者而詩人乃曰遇斯人之艱難遇斯人之不淑而無怨懟過甚之辭焉厚之至也中谷有蓷暵其濕矣有女仳離啜張劣反其泣矣啜其泣矣何嗟及矣興也暵濕者旱甚則草之生於濕者亦不免也啜泣貌何嗟及矣言事已至此末如之何窮之甚也

中谷有蓷三章章六句范氏曰世治則室家相保者上之所養也世亂則室家相棄者上之所殘也其使之也勤其取之也厚則夫婦日以衰薄而凶年不免於離散矣伊尹曰匹夫匹婦不獲自盡民主罔與成厥功故讀詩者於一物失所而知王政之惡一女見棄而知人民之困周之政荒民散而將無以為國於此亦可見矣

有兔爰爰雉離于羅我生之初尚無為叶吾禾反我生之後逢此百罹叶良何反尚寐無吪比也兔性陰狡爰爰緩意雉性耿介離麗羅網尚猶罹憂也尚庶幾也吪動也　周室衰微諸侯背叛君子不樂其生而作此詩言張羅本以取兔今兔狡得脫而雉以耿介反離于羅以比小人致亂而以巧計幸免君子無辜而以忠直受禍也為此詩者蓋猶及見西周之盛故

曰方我生之初天下尚無事及我生之後而逢時之多難如此然既無如之何則但庶幾寐而不動以死耳或曰興也以兔爰興無為以雉離興百罹也下章放此

有兔爰爰雉離于罦音孚叶步廟反我生之初尚無造我生之後逢此百憂叶一笑反尚寐無覺音教叶居笑反

比也罦覆車也可以掩兔造亦為也覺寤也

有兔爰爰雉離于罿音衝我生之初尚無庸我生之後逢此百凶尚寐無聰

比也罿罬也即罦也或曰施羅於車上也庸用聰聞也無所聞則亦死耳

兔爰三章章七句

緜緜葛藟音壘在河之滸音虎終遠去聲兄弟謂他人父謂他

人父亦莫我顧叶果五反　興也緜緜長而不絕之貌岸上曰滸　世衰民散有去其鄉里家族而流離失所者作此詩以自歎言緜緜葛藟則在河之滸矣今乃終遠兄弟而謂他人為己父己雖謂彼為父而彼亦不我顧則其窮也甚矣

緜緜葛藟在河之涘音俟叶矣始二音終遠兄弟謂他人母叶滿彼反謂他人母亦莫我有叶羽己反　興也水涯曰涘謂他人父者其妻則母也有識有也春秋傳曰不有寡君

緜緜葛藟在河之漘音脣終遠兄弟謂他人昆叶古勻反謂他人昆亦莫我聞叶微勻反　興也夷上洒下曰漘漘之為言脣也昆兄也聞相聞也

葛藟三章章六句

彼采葛叶音謁兮一日不見如三月兮賦也采葛所以為絺綌葢淫奔者託以行也故因以指其人而言思念之深未久而似久也彼采蕭叶疎鳩反兮一日不見如三秋兮賦也蕭荻也白葉莖麤科生有香氣祭則焫以報氣故采之曰三秋則不止三月矣彼采艾兮一日不見如三歲本與艾叶兮賦也艾蒿屬乾之可灸故采之曰三歲則不止三秋矣

采葛三章章三句

大車檻檻毳尺銳反衣如菼吐敢反豈不爾思畏子不敢賦也大車大夫車檻檻車行聲也毳衣天子大夫之服菼蘆之始生也毳衣之屬衣繪而裳繡五色皆備其青者如

菼。爾，淫奔者相命之辭也。子，大夫也。不敢，不敢奔也。周衰，大夫猶有能以刑政治其私邑者，故淫奔者畏而歌之如此。然其去二南之化則遠矣。此可以觀世變也。

大車啍啍音吞毳衣如璊音門豈不爾思畏子不奔賦也。啍啍，重遲之貌。璊，玉赤色。五色備則有赤。

穀則異室死則同穴叶戶橘反謂予不信有如皦音皎日賦也。穀，生。穴，壙。皦，白也。民之欲相奔者畏其大夫，自以終身不得如其志也，故曰生不得相奔以同室，庶幾死得合葬以同穴而已。謂予不信有如皦日，約誓之辭也。

大車三章章四句

丘中有麻彼留子嗟彼留子嗟將音搶其來施施音蛇賦也。麻穀名子可食皮可績為布者子嗟男子之字也將願也施施喜悅之意 婦人望其所與私者而不來故疑丘中有麻之處復有與之私而留之者今安得其施施然而來乎

丘中有麥彼留子國彼留子國將其來食賦也子國亦男子字也來食就我而食也

丘中有李彼留之子叶奬里反彼留之子貽我佩玖叶舉里反 賦也之子并指前二人也貽我佩玖冀其有以贈己也

丘中有麻三章章四句

王國十篇二十八章百六十二句

詩經集傳卷二

欽定四庫全書

詩經集傳卷三

宋 朱子 撰

鄭一之七 鄭邑名本在西都畿内咸林之地宣王以封其弟友為采地後為幽王司徒而死于犬戎之難是為桓公其子武公掘突定平王于東都亦為司徒又得虢檜之地乃徙其封而施舊號于新邑是為新鄭咸林在今華州鄭縣新鄭即今之鄭州是也其封域山川詳見檜風

緇衣之宜兮敝予又改為兮適子之館叶古玩反兮還予授子之粲兮 賦也緇黑色緇衣卿大夫居私朝之服也宜稱改更適之館舍粲餐也或曰粲粟之精鑿

者舊說鄭桓公武公相繼為周司徒善于其職周人愛之故作是詩言子之服緇衣也甚宜敝則我將為子更為之且將適子之館既還而又授子以粲言好之無已也緇衣之好兮敝予又改造叶在早反兮適子之館兮還予授子之粲兮賦也好猶宜也緇衣之蓆叶祥龠反兮敝予又改作兮適子之館兮還予授子之粲兮賦也蓆大也程子曰蓆有安舒之義服稱其德則安舒也

緇衣三章章四句記曰好賢如緇衣又曰于緇衣見好賢之至

將音鏘仲子兮無踰我里無折音哲我樹杞豈敢愛之畏我父母叶滿彼反仲可懷叶胡威反也父母之言亦可畏叶于非反也賦也

將請也仲子男子之字也我女子自我也里二十五家所居也杞柳屬也生水旁樹如柳葉粗而白色理微赤蓋里之地域溝樹也莆田鄭氏曰此淫奔者之辭

將仲子兮無踰我牆無折我樹桑豈敢愛之畏我諸兄叶虛陽反仲可懷也諸兄之言亦可畏也賦也牆垣也古者樹牆下以桑

將仲子兮無踰我園無折我樹檀叶徒沿反豈敢愛之畏人之多言仲可懷也人之多言亦可畏也賦也園者圃之藩其內可種木也檀皮青滑澤材彊韌可為車

將仲子三章章八句

叔于田叶池因反巷無居人豈無居人不如叔也洵美且仁

賦也叔莊公弟共叔段也事見春秋田取禽也巷里塗也洵信美好也仁愛人也段不義而得衆國人愛之故作此詩言叔出而田則所居之巷若無居人矣非實無居人也雖有而不如叔之美且仁是以若無人耳或疑此亦民間男女相悅之辭也

叔于狩叶始九反巷無飲酒豈無飲酒不如叔也洵美且好叶許厚反賦也冬獵曰狩

叔適野叶上與反巷無服馬叶滿補反豈無服馬不如叔也洵美且武賦也適之也郊外曰野服乘也

叔于田三章章五句

叔于田乘乘下去聲馬叶滿補反執轡如組音祖兩驂如舞叔在

藪音叟叶素苦反火烈具舉襢音但裼音錫暴虎獻于公所將音槍叔無狃音紐叶女古反戒其傷女音汝賦也叔亦段也車衡外兩馬曰驂如舞謂諸和中節皆言御之善也藪澤也火焚而射也烈熾盛貌具俱也襢裼肉袒也暴空手搏獸也公莊公也狃習也國人戒之曰請叔無習此事恐其或傷女也蓋叔多材好勇而鄭人愛之如此

叔于田乘乘黃兩服上襄兩驂雁行音抗叔在藪火烈具揚叔善射忌音記又良御叶魚駕反忌抑磬音慶控口貢反忌抑縱送忌賦也乘黃四馬皆黃也衡下夾輈兩馬曰服襄駕也馬之上者為上駕猶言上駟也雁行者驂少次服後如雁行也揚起也忌抑皆語助辭騁馬曰磬止馬曰控舍拔曰縱覆鞬曰送

叔于田乘乘鴇音保叶補苟反兩服

齊首兩驂如手叔在藪火烈具阜叔馬慢叶黄半反忌叔發罕叶虛肝反忌抑釋掤音冰忌抑鬯音暢弓叶姑弘反忌賦也驪白雜毛曰鴇今所謂烏驄也齊首如手兩服並首在前而兩驂在旁稍次其後如人之兩手也阜盛慢遲也發發矢也罕希釋解也掤矢箭蓋春秋傳作冰鬯弓囊也與韔同言其田事將畢而從容整暇如此亦喜其無傷之辭也

大叔于田三章章十句陸氏曰首章作大叔于田者誤蘇氏曰二詩皆曰叔于田故加大以别之不知者乃以段有大叔之號而讀曰泰又加大于首章失之矣

清人在彭叶普郎反駟介旁旁音崩叶補岡反二矛重平聲英叶于郎反河上乎翱翔賦也清邑名清人清邑之人也彭河上地名駟介四馬而被甲也旁旁馳驅不息之貌二

矛酋矛夷矛也英以朱羽為矛飾也酋矛長二丈夷矛長二丈四尺並建于車上則其英重疊而見翱翔遊戲之貌　鄭文公惡高克使將清邑之兵禦狄于河上久而不名師散而歸鄭人謂之賦此詩言其師出之久無事而不得歸但相與遊戲如此其勢必至于潰散而後已爾

清人在消駟介麃麃音標二矛重喬河上乎逍遙賦也消亦河上地名麃麃武貌矛之上句曰喬所以懸英也英弊而盡所存者喬而已

清人在軸叶音冑駟介陶陶叶徒候反左旋右抽叶敕救反中軍作好叶許候反賦也軸亦河上地名陶陶樂而自適之貌左謂御在將車之左執轡而御馬者也旋還車也右謂勇力之士在將車之右執兵以擊刺者也抽拔刃也中軍謂將在鼓下居車之中即高克也好謂容好也　東萊呂氏曰言師久而不歸無所聊賴姑遊戲以自樂必潰之勢也不

言已潰而言將潰其情深其辭危矣

清人三章章四句　事見春秋　胡氏曰人君擅一國之名寵生殺予奪惟我所制耳使高克不臣之罪已著按而誅之可也情狀未明黜而退之可也愛惜其才以禮馭之亦可也烏可假以兵權委諸竟上坐視其離散而莫之卹乎春秋傳曰鄭棄其師其責之深矣

羔裘如濡叶而朱而由二反洵直且侯叶洪姑洪鉤二反彼其音記之子舍音赦命不渝叶容朱容周二反　賦也羔裘大夫服也如濡潤澤也洵信直順侯美也其語助辭舍處渝變也　言此羔裘潤澤毛順而美彼服此者當生死之際又能以身居其所受之理而不可奪蓋美其大夫之辭然不知其所指矣

羔裘豹飾孔武有力彼其之子邦之

司直賦也飾緣袖也禮君用純物臣下之故羔裘而以豹皮為飾也孔甚也豹甚武而有力故服其所飾之裘者如之司主也

羔裘晏兮三英粲兮彼其之子邦之彥叶魚肝反兮賦也晏鮮盛也三英裘飾也未詳其制粲光明也彥者士之美稱

羔裘三章章四句

遵大路兮摻所覽反執子之袪叶起據反兮無我惡去聲兮不寁音昝故也賦也遵循摻擥袪袂寁速故舊也淫婦為人所棄故于其去也擥其袪而留之曰子無惡我而不留故舊不可以遽絕也宋玉賦有遵大路兮攬子祛之句亦男女相說之辭也

遵大路兮摻執子之手兮無我魗音讐叶齒九反兮不寁好叶許口反也賦也魗與

（醜同欲其不以己為醜而棄之也好情好也）

遵大路二章章四句

女曰雞鳴士曰昧旦子興視夜明星有爛將翱將翔弋鳧（音符）與雁（賦也昧晦旦明也昧旦天欲旦昧晦未辨之際也明星啟明之星先日而出者也弋繳射謂以生絲繫矢而射也鳧水鳥如鴨青色背上有文此詩人述賢夫婦相警戒之詞言女曰雞鳴以警其夫而士曰昧旦則不止于雞鳴矣婦人又語其夫曰若是則子可以起而視夜之如何意者明星已出而爛然則當翺翔而往弋取鳧鴈而歸矣其相與警戒之言如此則不留于宴昵之私可知矣）

弋言加（叶居之居何二反）之與子宜（叶魚奇魚何二反）之宜言飲酒與子偕老（叶吕

吼反琴瑟在御莫不靜好叶許厚反賦也加中也史記所謂以弱弓微繳加諸鳧雁之上是也宜和其所宜也內則所謂雁宜麥之屬是也射者男子之事而中饋婦人之職故婦謂其夫旣得鳧雁以歸則我當為子和其滋味之所宜以之飲酒相樂期于偕老而琴瑟之在御者亦莫不安靜而和好其和樂而不淫可見矣

知子之來叶六直反之雜佩以贈叶音則之知子之順之雜佩以問之知子之好去聲之雜佩以報之賦也來之致其來者如所謂修文德以來之雜佩者左右佩玉也上橫曰珩下繫三組貫以蠙珠中組之半貫一大珠曰瑀末懸一玉兩端皆銳曰衝牙兩旁組半各懸一玉長博而方曰琚其末各懸一玉如半璧而內向曰璜又以兩組貫珠上繫珩兩端下交貫于瑀而下繫于兩璜行則衝牙觸璜而有聲也呂氏曰非獨玉也觿燧箴管凡

可佩者皆是也贈送順愛問遺也婦又語其夫曰我苟知子之所致而來及所親愛者則當解此雜佩以送遺報答之盖不惟治其門内之職又欲其君子親賢友善結其驩心而無所愛于服飾之玩也

女曰雞鳴三章章六句

有女同車顔如舜華(叶芳無反)將翺將翔佩玉瓊琚彼美孟姜洵美且都 賦也舜木槿也樹如李其華朝生暮落孟字姜姓洵信都閑雅也 此疑亦淫奔之詩言所與同車之女其女如此而又歎之曰彼美色之孟姜信美矣而又都也 有女同行(叶户郎反)顔如舜英(叶於良反)將翺將翔佩玉將將(音鏘)彼美孟姜德音不忘 賦也英猶華也將將聲也德音不忘言其賢也

有女同車二章章六句

山有扶蘇隰有荷華叶芳無反不見子都乃見狂且音疽 興也扶蘇扶胥小木也荷華芙蕖也子都男子之美者也狂狂人也且語辭也 淫女戲其所私者曰山則有扶蘇矣隰則有荷華矣今乃不見子都而見此狂人何哉

山有橋松隰有游龍不見子充乃見狡童 興也上竦無枝曰橋亦作喬游枝葉放縱也龍紅草也一名馬蓼葉大而色白生水澤中高丈餘子充猶子都也狡童狡獪之小兒也

山有扶蘇二章章四句

蘀音托兮蘀兮風其吹女音汝叔兮伯兮倡去聲予和去聲叶戶圭反

女興也蘀木槁而將落者也女指蘀而言也叔伯男子之字也予女子自予也女叔伯也此淫女之辭言蘀兮蘀兮則風將吹女矣叔兮伯兮則盍倡予而予將和女矣　蘀兮蘀兮風其漂女叔兮伯兮倡予要音腰女興也漂飄同要成也

蘀兮二章章四句

彼狡童兮不與我言兮維子之故使我不能餐七丹反叶七宣反兮賦也此亦淫女見絕而戲其人之詞言悅已者衆子雖見絕未至于使我不能餐也　彼狡童兮不與我食兮維子之故使我不能息兮賦也息安也

狡童二章章四句

子惠思我褰裳涉溱音臻子不我思豈無他人狂童之狂也且音疽 賦也惠愛也溱鄭水名狂童猶狂且狡童也且語辭也 淫女語其所私者曰子惠然而思我則將褰裳而涉溱以從子子不我思則豈無他人之可從而必于子哉狂童之狂也且亦謔之之辭

子惠思我褰裳涉洧叶于已反子不我思豈無他士狂童之狂也且 賦也洧亦鄭水名 士未娶者之稱

褰裳二章章五句

子之丰音風叶芳用反兮俟我乎巷叶胡貢反兮悔予不送兮 賦也丰豐滿也巷門外也 婦人所期之男子已俟乎巷而婦人以有異志不從既則悔之而作是詩也 子之

昌兮俟我乎堂兮悔予不將兮賦也昌盛壯貌將亦送也衣去聲錦褧絅同衣裳錦褧裳叔兮伯兮駕予與行叶戶郎反賦也褧禪也叔伯或人之字也婦人既悔其始之不送而失此人也則曰我之服飾既盛備矣豈無駕車以迎我而偕行者乎

裳錦褧裳衣錦褧衣叔兮伯兮駕予與歸賦也婦人謂嫁曰歸

丰四章二章章三句二章章四句

東門之墠音善叶上演反茹音如藘音閭在阪音反叶孚臠反其室則邇其人甚遠賦也東門城東門也墠除地町町者茹藘茅蒐也一名茜可以染絳陂者曰阪門之旁有墠墠之外有阪阪之上有草識其所與淫者之居也室邇人遠者思之而未得見之辭也

東門之栗

有踐家室豈不爾思子不我即 賦也踐行列貌門之旁有栗栗之下有成行列之家室亦識其處也即就也

東門之墠二章章四句

風雨淒淒 音妻 雞鳴喈喈 音皆叶居奚反 既見君子云胡不夷 賦也淒淒寒涼之氣喈喈雞鳴之聲風雨晦冥蓋淫奔之時君子指所期之男子也夷平也淫奔之女言當此之時見其所期之人而心悅也

風雨瀟瀟雞鳴膠膠 叶音驕 既見君子云胡不瘳 叶憐蕭反 賦也瀟瀟風雨之聲膠膠猶喈喈也瘳病愈也言積思之病至此而愈也

風雨如晦 叶呼洧反 雞鳴不已既見君子云胡不喜 賦也晦昏

已止也

風雨三章章四句

青青子衿音金悠悠我心縱我不往子寧不嗣音賦也青青純緣之色具父母衣純以青子男子也衿領也悠悠思之長也我女子自我也嗣音繼續其聲問也此亦淫奔之詩

青青子佩叶蒲眉反悠悠我思叶新齋反縱我不往子寧不來叶陵之反賦也青青組綬之色佩佩玉也

挑兮達音獺叶他悅反兮在城闕兮一日不見如三月兮賦也挑輕儇跳躍之貌達放恣也

子衿三章章四句

揚之水不流束楚終鮮上聲兄弟維予與女女同汝無信人之言人實迋音誑女興也兄弟婚姻之稱禮所謂不得嗣為兄弟是也予女男女自相謂也人他人也迋與誑同淫者相謂言揚之水則不流束楚矣終鮮兄弟則維予與女矣豈可以他人離間之言而疑之哉彼人之言特誑女耳

揚之水不流束薪終鮮兄弟維予二人無信人之言人實不信叶斯人反興也

揚之水二章章六句

出其東門有女如雲雖則如雲匪我思存縞音杲衣綦音其巾聊樂音洛我員音云賦也如雲美且衆也縞白色綦蒼艾色縞衣綦巾女服之貧陋者此人

自目其室家也員與云同語辭也人見淫奔之女而作此詩以為此女雖美且衆而非我思之所存不如己之室家雖貧且陋而聊可以自樂也是時淫風大行而其間乃有如此之人亦可謂能自好而不為習俗所移矣羞惡之心人皆有之豈不信哉

出其闉音因闍音都有女如荼音徒雖則如荼匪我思且音疽縞衣茹藘聊可與娛賦也闉曲城也闍城臺也荼茅華輕白可愛者也且語助辭茹藘可以染絳故以名衣服之色娛樂也

出其東門二章章六句

野有蔓草零露漙音團叶上兗反兮有美一人清揚婉兮邂逅相遇適我願叶五遠反兮賦而興也蔓延也漙露多貌清揚眉目之間婉然美也邂逅不期而

會也　男女相遇于野田草露之間故賦其所在以起興言野有蔓草則零露漙矣有美一人則清揚婉矣邂逅相遇則得以適我願矣

野有蔓草零露瀼瀼有美一人婉如清揚邂逅相遇與子偕臧賦而興也瀼瀼亦露多貌臧美也與子偕臧言各得其所欲也

野有蔓草二章章六句

溱與洧方渙渙叶于元反兮士與女方秉蕑音間叶古賢反兮女曰觀乎士曰既且音疽且往觀乎洧之外洵訏音吁且樂音洛維士與女伊其相謔贈之以勺藥賦而興也渙渙春水盛貌蓋冰解而水散之時也蕑蘭也其莖葉似澤蘭廣而長節節中赤高四五尺且語辭洵信訏大也勺藥亦香草也三月開花芳色可

愛鄭國之俗三月上巳之辰采蘭水上以祓除不祥故其女問于士曰盍往觀乎士曰吾旣往矣女復要之曰且往觀乎蓋洧水之外其地信廣大而可樂也于是士女相與戲謔且以勺藥為贈而結恩情之厚也此詩淫奔者自叙之辭

溱與洧瀏音留其清矣士與女殷其盈矣女曰觀乎士曰旣且且往觀乎洧之外洵訏且樂維女與女伊其將謔贈之以勺藥賦而興也瀏深貌殷衆也將當作相聲之誤也

溱洧二章章十二句

鄭國二十一篇五十三章二百八十三句鄭衛之樂皆為淫聲然以詩考之衛詩三十有九而淫奔之詩才四之一鄭詩二十有一而淫奔之詩已

不翅七之五衛猶為男悅女之辭而鄭皆為女惑男之語衛人猶多刺譏懲創之意而鄭人幾于蕩然無復羞愧悔悟之萌是則鄭聲之淫有甚于衛矣故夫子論為邦獨以鄭聲為戒而不及衛蓋舉重而言固自有次第也詩可以觀豈不信哉

齊一之八

齊國名本少昊時爽鳩氏所居之地在禹貢為青州之域周武王以封太公望東至于海西至于河南至于穆陵北至于無棣太公姜姓本四岳之後既封于齊通工商之業便魚鹽之利民多歸之故為大國今青齊淄濰德棣等州是其地也

雞既鳴矣朝音潮既盈矣匪雞則鳴蒼蠅之聲 賦也言古之賢妃御于君所至于將旦之時必告君曰雞既鳴矣會朝之臣既已盈矣欲令君早起而視朝也然其實非雞之鳴也

乃蒼蠅之聲也蓋賢妃當夙興之時心常恐晚故聞其似者而以為真非其心存警畏而不留于逸欲何以能此故詩人叙其事而美之也東方明叶謨郎反矣朝既昌矣匪東方則明月出之光賦也東方明則日將出矣昌盛也此再告也蟲飛薨薨甘與子同夢叶莫滕反會且歸矣無庶與子憎賦也蟲飛夜將旦而百蟲作也甘樂會朝也此三告也言當此時我豈不樂與子同寢而夢哉然羣臣之會于朝者俟君不出將散而歸矣無乃以我之故而並以子為憎乎

雞鳴三章章四句

子之還音旋兮遭我乎峱音鐃之間叶居賢反兮並驅從兩肩兮

揖我謂我儇許全反兮賦也還便捷之貌峱山名也從逐也獸三歲曰肩儇利也獵者交錯于道路且以便捷輕利相稱譽如此而不自知其非也則其俗之不美可見而其來亦必有所自矣

子之茂叶莫口反兮遭我乎峱之道叶徒厚反兮並驅從兩牡兮揖我謂我好叶許厚反兮賦也茂美也

子之昌兮遭我乎峱之陽兮並驅從兩狼兮揖我謂我臧兮賦也昌盛也山南曰陽狼似犬銳頭白頰高前廣後臧善也

還三章章四句

俟我于著音宁叶居直反乎而充耳以素叶孫租反乎而尚之以瓊

華叶芳無反乎而賦也俟待也我嫁者自謂也著門屏之間也充耳以纊懸瑱所謂紞也尚加也瓊華美石似玉者即所以為瑱也東萊呂氏曰昏禮壻往婦家親迎既奠雁御輪而先歸俟于門外婦至則揖以入時齊俗不親迎故女至壻門始見其俟已也

俟我于庭乎而充耳以青乎而尚之以瓊瑩音榮乎而賦也庭在大門之內寢門之外瓊瑩亦美石似玉者　呂氏曰此昏禮所謂壻道婦及寢門揖入之時也

俟我于堂乎而充耳以黃乎而尚之以瓊英叶于良反乎而賦也瓊英亦美石似玉者　呂氏曰升階而後至堂此昏禮所謂升自西階之時也

著三章章三句

東方之日兮彼姝音樞者子在我室兮在我室兮履我即兮興也履躡也即就也言此女躡我之跡而相就也東方之月兮彼姝者子在我闥叶宅悅反兮在我闥兮履我發叶方月反兮興也闥門內也發行去也言躡我而行去也

東方之日二章章五句

東方未明叶謨郎反顛倒上聲衣裳顛之倒叶都妙反之自公召之賦也自從也羣臣之朝別色始入此詩人刺其君興居無節號令不時言東方未明而顛倒其衣裳則既早矣而又已有從君所而來召之者焉盖猶以為晚也或曰所以然者以有自公所而召之者故也東

方未晞顛倒裳衣倒之顛叶典因反之自公令去聲叶力呈反之賦也晞明之始升也令號令也折音哲柳樊圃叶博故反狂夫瞿瞿音句不能辰夜叶羊茹反不夙則莫音慕比也柳楊之下垂者柔脆之木也樊藩也圃菜園也瞿瞿驚顧之貌夙早也折柳樊圃雖不足恃然狂夫見之猶驚顧而不敢越以比辰夜之限甚明人所易知今乃不能知而不失之早則失之莫也

東方未明三章章四句

南山崔崔音摧雄狐綏綏魯道有蕩齊子由歸既曰歸止曷又懷叶胡威反止比也南山齊南山也崔崔高大貌狐邪媚之獸綏綏求匹之貌魯道適魯之道

也蕩平易也齊子襄公之妹魯桓公夫人文姜襄公通焉者也由從也婦人謂嫁曰歸懷思也止語辭 言南山有孤以比襄公居高位而行邪行且文姜既從此道歸于魯矣襄公何為而復思之乎

葛屨五兩如字又音亮冠緌音蕤雙叶所終反止魯道有蕩齊子庸止既曰庸止曷又從止此也兩二屨也緌冠上飾也屨必兩緌必雙物各有偶不可亂也庸用也用此道以嫁于魯也從相從也

蓺麻如之何衡音橫從音宗其畝取去聲妻如之何必告音谷父母既曰告止曷又鞠音菊止興也蓺樹鞠窮也欲樹麻者必先縱橫耕治其田畝欲娶妻者必先告其父母今魯桓公既告父母而娶矣又曷為使之得窮其欲而至此哉

析薪如之何匪斧不克取妻如之何匪媒不得

既曰得止曷又極止興也克能也極亦窮也

南山四章章六句春秋桓公十八年公與夫人姜氏如齊公薨于齊傳曰公將有行遂與姜氏如齊申繻曰女有家男有室無相瀆也謂之有禮易此必敗公會齊侯于濼遂及文姜如齊齊侯通焉公謫之以告夏四月享公公子彭生乘公公薨于車此詩前二章刺齊襄後二章刺魯桓也

無田音佃甫田維莠音酉驕驕叶音高無思遠人勞心忉忉音刀

比也田謂耕治之也甫大也莠害苗之草也驕驕張王之意忉忉憂勞也言無田甫田也田甫田而力不給則草盛矣無思遠人也思遠人而人不至則心勞矣以戒時人厭小而務大忽近而圖遠將徒勞而無功也

無田甫田維莠桀桀無思遠人勞心怛怛叶旦悅反比也桀桀猶驕驕也怛怛猶忉忉也

婉兮孌兮叶龍眷反總角丱兮音慣叶古縣反未幾上聲見兮突而弁兮比也婉孌少好貌丱兩角貌未幾未多時也突忽然高出之貌弁冠名言總角之童見之未久而忽然戴弁以出者非其躐等而強求之也蓋循其序而勢有必至耳此又以明小之可大邇之可遠能循其序而修之則可以忽然而至其極若躐等而欲速則反有所不達矣

甫田三章章四句

盧令令音零其人美且仁賦也盧田犬也令令犬頷下環聲此詩大意與還略同

盧重平聲環其人美且鬈音權賦也重環子母環也鬈鬚鬢好貌

盧重鋂

音梅其人美且偲音鰓賦也鋂一環貫二也偲多鬚之貌春秋傳所謂于思即此字古通用耳

盧令三章章二句

敝笱在梁其魚魴鰥音關叶古倫反齊子歸止其從去聲如雲比也敝壞笱罟也魴鰥大魚也歸歸齊也如雲言衆也齊人以敝笱不能制大魚比魯莊公不能防閑文姜故歸齊而從之者衆也

敝笱在梁其魚魴鱮音序齊子歸止其從如雨比也鱮似魴厚而頭大或謂之鰱如雨亦多也

敝笱在梁其魚唯唯上聲齊子歸止其從如水比也唯唯行出入之貌如水亦多也

敝笱三章章四句按春秋魯莊公二年夫人姜氏會齊侯于禚四年夫人姜氏享

齊侯于祝丘五年夫人姜氏如齊師七年夫人姜氏會齊侯于防又會齊侯于穀

載驅薄薄音粕簟茀朱鞹音擴魯道有蕩齊子發夕叶祥龠反賦也薄薄疾驅聲簟方文席也茀車後戶也朱朱漆也鞹獸皮之去毛者蓋車革質而朱漆也夕猶宿也發夕謂離于所宿之舍齊人刺文姜乘此車而來會襄公也

四驪音離濟濟上聲垂轡濔濔音你魯道有蕩齊子豈弟音愷叶待禮反賦也驪馬黑色也濟濟美貌濔濔柔貌豈弟樂易也言無忌憚羞恥之意也

汶音問水湯湯音傷行人彭彭音邦魯道有蕩齊子翱翔賦也汶水名在齊南魯北二國之竟湯湯水盛貌彭彭多貌言行人之多亦以見其無恥也

汶水滔滔音叨行人儦儦音標叶音褒魯道有蕩齊

子遊敖賦也滔滔流貌儦儦衆貌遊敖猶翺翔也

載驅四章章四句

猗嗟昌兮頎音祈而長兮抑若揚兮美目揚兮巧趨蹌兮射則臧兮賦也猗嗟歎辭昌盛也頎長貌抑而若揚美之盛也揚目之動也蹌趨翼如也臧善也齊人極道魯莊公威儀技藝之美如此所以刺其不能以禮防閑其母若曰惜乎其獨少此耳

猗嗟名兮美目清兮儀既成兮終日射音石侯不出正音征兮展我甥叶桑經反兮賦也名猶稱也言其威儀技藝之可名也清目清明也儀既成言其終事而禮無違也侯張布而射之者也正設的于侯中而射之者也大射則張皮侯而設鵠賓射則張布侯而設正展誠也姊

妹之子曰甥言稱其為齊之甥而又以明非齊侯之子此詩人之微辭也按春秋桓公三年夫人姜氏至自齊六年九月子同生即莊公也十八年桓公乃與夫人如齊則莊公誠非齊侯之子矣

猗嗟孌叶龍眷反兮清揚婉叶許願反兮舞則選去聲兮射則貫叶扃縣反兮四矢反叶孚絢反兮以禦亂叶靈眷反兮

賦也孌好貌清目之美也揚眉之美也婉亦好貌選異于衆也或曰齊于樂節也貫中而貫革也四矢禮射每發四矢反復也中皆得其故處也言莊公射藝之精可以禦亂如以金僕姑射南宮長萬可見

猗嗟三章章六句

或曰子可以制母乎趙子曰夫死從子通乎其下況國君乎君者人神之主風教之本也不能正家如正國何若莊公者哀痛以思父誠敬以事母威刑以馭下車

馬僕從莫不俟命夫人徒往乎夫人之往也則公哀敬之不至威命之不行耳東萊呂氏曰此詩三章譏刺之意皆在言外嗟歎再三則莊公所大闕者不言可見矣

齊國十一篇三十四章一百四十三句

魏一之九

魏國名本舜禹故都在禹貢冀州雷首之北析城之西南枕河曲北涉汾水其地陿隘而民貧俗儉蓋有聖賢之遺風焉周初以封同姓後為晉獻公所滅而取其地今河中府解州即其地也蘇氏曰魏地入晉久矣其詩疑皆為晉而作故列于唐風之前猶邶鄘之于衛也今按篇中公行公路公族皆晉官疑實晉詩又恐魏亦嘗有此官蓋不可考矣

糾糾音赳葛屨可以履霜摻摻音纖女手可以縫裳要音腰之

襋音棘之好人服之叶蒲北反 興也糾糾繚戾寒涼之意夏葛屨冬皮屨摻摻猶纖纖也女婦未廟見之稱也娶婦三月廟見然後執婦功要裳要襋衣領好人猶大人也魏地陿隘其俗儉嗇而褊急故以葛屨履霜起興而刺其使女縫裳又使治其要襋而遂服之也此詩疑即縫裳之女所作

好人提提宛然左辟音避佩其象揥維是褊心是以為刺叶音砌

賦也提提安舒之意宛然讓之貌也讓而辟者必左揥所以摘髮用象為之貴者之飾也其人如此若無有可刺矣所以刺之者以其褊迫急促如前章之云耳

葛屨二章一章六句一章五句

廣漢張氏曰夫子謂與其奢也寧儉則儉雖失中本非惡德然而儉之過則至于吝嗇迫隘計較分毫之間而謀利之心始急矣葛屨汾

沮洳園有桃三詩皆言其急迫瑣碎之意

彼汾 音焚 沮 去聲 洳 音孺 言采其莫 音慕 彼其 音記 之子美無度美無度殊異乎公路 興也汾水名出太原晉陽山西南入河沮洳水浸處下濕之地莫菜也似柳葉厚而長有毛刺可為羹無度言不可以尺寸量也公路者掌公之路車晉以卿大夫之庶子為之此亦刺儉不中禮之詩言若此人者美則美矣然其儉嗇褊急之態殊不似貴人也

彼汾一方言采其桑彼其之子美如英 叶于良反 美如英殊異乎公行 音杭 興也一方彼一方也史記扁鵲視見垣一方人英華也公行即公路也以其主兵車之行列故謂之公行也

彼汾一曲言采其藚 音續 彼其之子美如玉美如玉殊

異乎公族興也一曲謂水曲流處藚水舃也葉如車前草公族掌公之宗族晉以卿大夫之適子為之

汾沮洳三章章六句

園有桃其實之殽心之憂矣我歌且謡音遥不知我者謂我士也驕彼人是哉叶將黎反子曰何其音基心之憂矣其誰知之其誰知之蓋亦勿思叶新齎反興也殽食也合曲曰歌徒歌曰謡其語辭詩人憂其國小而無政故作是詩言園有桃則其實之殽矣心有憂則我歌且謡矣然不知我之心者見其歌謡而反以為驕且曰彼之所為已是矣而子之言獨何為哉蓋舉國之人莫覺其非而反以憂之者為驕也于

是憂者重嗟嘆之以為此之可憂初不難知彼之非我特未之思耳誠思之則將不暇非我而自憂矣

園有棘其實之食心之憂矣聊以行國叶于逼反不知我者謂我士也罔極彼人是哉子曰何其心之憂矣其誰知之其誰知之蓋亦勿思興也棘棗之短者聊且略之辭歌謡之不足則出遊于國中而寫憂也極至也罔極言其心縱恣無所至極

園有桃二章章十二句

陟彼岵音戶兮瞻望父兮父曰嗟予子行役夙夜無已上慎旃哉猶來無止賦也山無草木曰岵上猶尚也孝子行役不忘其親故登山以望其父

之所在因想像其父念已之言曰嗟乎我之子行役夙夜勤勞不得止息又祝之曰庶幾慎之哉猶可以來歸無止于彼而不來也蓋生則必來死則止而不來矣或曰止獲也言無為人所獲也

陟彼屺音起兮瞻望母叶滿彼反兮母曰嗟予季行役夙夜無寐上慎旃哉猶來無棄賦也山有草木曰屺季少子也尤憐愛少子者婦人之情也無寐亦言其勞之甚也棄謂死而棄其尸也

陟彼岡兮瞻望兄叶虛王反兮兄曰嗟予弟行役夙夜必偕叶舉里反上慎旃哉猶來無死叶想止反賦也山脊曰岡必偕言與其儕同作同止不得自如也

陟岵三章章六句

十畝之間叶居賢反兮桑者閑閑叶胡田反兮行與子還音旋叶兮

賦也十畝之間郊外所受場圃之地也閑閑往來者自得之貌行猶將也還猶歸也政亂國危賢者不樂仕于其朝而思與其友歸于農圃故其辭如此

十畝之外叶五墜反兮桑者泄泄音異兮行與子逝兮

賦也十畝之外鄰圃也泄泄猶閑閑也逝往也

十畝之間二章章三句

坎坎伐檀叶徒沿反兮寘之河之干叶居焉反兮河水清且漣音連猗音醫不稼不穡胡取禾三百廛直連反兮不狩不獵胡瞻爾庭有縣音玄貆音暄兮彼君子兮不素餐叶七宣反兮

賦也坎坎用力

之聲檀木可為車者寘與置同干厓也漣風行水成文也猗與兮同語辭也書斷斷猗大學作兮莊子亦云而我猶為人猗是也種之曰稼斂之曰穡胡何也一夫所居曰廛狩亦獵也貆貉類素空餐食也　詩人言有人于此用力伐檀將以為車而行陸也今乃寘之河干則河水清漣而無所用雖欲自食其力而不可得矣然其志則自以為不耕則不可以得禾不獵則不可以得獸是以甘心窮餓而不悔也詩人述其事而歎之以為是真能不空食者後世若徐穉之流非其力不食其厲志蓋如此

坎坎伐輻音福叶筆力反兮寘之河之側叶莊力反兮河水清且直猗不稼不穡胡取禾三百億兮不狩不獵胡瞻爾庭有縣特兮彼君子兮不素食兮賦也輻車輻也伐木以為輻也直波文之直也十萬曰億蓋言禾秉之數也獸三歲曰特

坎坎伐輪兮寘之河之漘音脣兮河水清且淪猗不稼不穡胡取禾三百囷丘倫反兮不狩不獵胡瞻爾庭有縣鶉音純兮彼君子兮不素飧音孫叶素倫反兮賦也輪車輪也伐木以為輪也淪小風水成文轉如輪也囷圓倉也鶉鶉屬熟食曰飧

伐檀三章章九句

碩鼠碩鼠無食我黍三歲貫音慣女音汝莫我肯顧叶果五反逝將去女適彼樂音洛下同土樂土樂土爰得我所比也碩大也三歲言其久也貫習顧念逝往也樂土有道之國也爰于也民困于貪殘之政故託言大鼠害己而去之也

碩鼠碩鼠無食我麥叶訖力反三歲貫女莫我肯德逝將去女適彼樂國叶于逼反樂國樂國爰得我直比也德歸恩也直猶宜也

碩鼠碩鼠無食我苗叶音毛三歲貫女莫我肯勞逝將去女適彼樂郊叶音高樂郊樂郊誰之永號音毫比也勞勤苦也謂不以我為勤勞也永號長呼也言旣往樂郊則無復有害已者當復為誰而永號乎

碩鼠三章章八句

魏國七篇十八章一百二十八句

唐一之十唐國名本帝堯舊都在禹貢冀州之域太行恒山之西太原太岳之野周成王

以封弟叔虞為唐侯南有晉水至子燮乃改國號曰晉後徙曲沃又徙居絳其地土瘠民貧勤儉質朴憂深思遠有堯之遺風焉其詩不謂之晉而謂之唐蓋仍其始封之舊號耳唐叔所都在今太原府曲沃及絳皆在今絳州

蟋蟀在堂歲聿其莫（音慕）今我不樂（音洛下同）日月其除（去聲）無已太（音泰）康職思其居（叶音據）好（去聲）樂無荒良士瞿瞿（音句）

賦也蟋蟀蟲名似蝗而小正黑有光澤如漆有角翅或謂之促織九月在堂聿遂莫晚除去也太康過于樂也職主也瞿瞿却顧之貌　唐俗勤儉故其民間終歲勞苦不敢少休及其歲晚務閒之時乃敢相與燕飲為樂而言今蟋蟀在堂而歲忽已晚矣當此之時而不為樂則日月將舍我而去矣然其憂深而思遠也故方燕樂而

又遂相戒曰今雖不可以不為樂然不已過于樂乎盍亦顧念其職之所居者使其雖好樂而無荒若彼良士之長慮而却顧焉則可以不至于危亡也蓋其民俗之厚而前聖遺風之遠如此

蟋蟀在堂歲聿其逝今我不樂日月其邁叶力制反無已太康職思其外叶五墜反好樂無荒良士蹶蹶賦也逝邁皆去也外餘也其所治之事固當思之而所治之餘亦不敢忽蓋其事變或出于平常思慮之所不及故當過而備之也蹶蹶動而敏于事也

蟋蟀在堂役車其休今我不樂日月其慆音叨叶他侯反無已太康職思其憂好樂無荒良士休休賦也庶人乘役車歲晚則百工皆休矣慆過也休休安閑之貌樂而有節不至于淫所以安也

蟋蟀三章章八句

山有樞隰有榆子有衣裳弗曳弗婁子有車馬弗馳弗驅宛其死矣他人是愉興也樞荎也今刺榆也榆白枌也婁亦曳也馳走驅策也宛坐見貌愉樂也此詩蓋亦答前篇之意而解其憂故言山則有樞矣隰則有榆矣子有衣裳車馬而不服不乘則一旦宛然以死而他人取之以為已樂矣蓋言不可不及時為樂然其憂愈深而意愈蹙矣

山有栲音考叶去九反隰有杻音紐子有廷內弗洒弗埽叶蘇后反子有鐘鼓弗鼓弗考叶去九反宛其死矣他人是保叶補苟反興也栲山樗也似樗色小白葉差狹杻檍也葉似杏而尖白色皮正赤其理多曲少直材可為弓弩榦者也考擊也保居有也

山有漆音七隰有栗子有酒食何不日鼓瑟且以喜樂音洛且以永日宛其死矣他人入室興也君子無故琴瑟不離于側永長也人多憂則覺日短飲食作樂可以永長此日也

山有樞三章章八句

揚之水白石鑿鑿音作素衣朱襮音博從子于沃叶鬱縛反既見君子云何不樂音洛之比也鑿鑿巉巖貌襮領也諸侯之服繡黼領而丹朱純也子指桓叔也沃曲沃也　晉昭侯封其叔父成師于曲沃是為桓叔其後沃盛強而晉微弱國人將叛而歸之故作此詩言水緩弱而石巉巖以比晉衰而沃盛故欲以諸侯之服從桓叔于曲沃且自喜其見君子而無不樂也

揚之水白石皓皓叶胡暴反素衣朱繡叶先妙反從子于鵠叶居號反既見君子云何其憂叶一笑反比也朱繡即朱襮也鵠曲沃邑也揚之水白石粼粼我聞有命叶彌并反不敢以告人比也粼粼水清石見之貌聞其命而不敢以告人者為之隱也桓叔將以傾晉而民為之隱蓋欲其成矣李氏曰古者不軌之臣欲行其志必先施小惠以收衆情然後民翕然從之田氏之于齊亦猶是也故其名公子陽生于魯國人皆知其已至而不言所謂我聞有命不敢以告人也

揚之水三章二章章六句一章四句

椒聊之實蕃衍盈升彼其音記之子碩大無朋椒聊且音疽

遠條且興而比也椒樹似茱萸有針刺其實味辛而香烈聊語助也朋比也且歎辭遠條長枝也　椒之蕃盛則采之盈升矣彼其之子則碩大而無朋矣椒聊且遠條且歎其枝遠而實益蕃也此不知其所指序亦以為沃也

椒聊之實蕃衍盈匊音菊彼其之子實大且篤椒聊且遠條且興而比也兩手曰匊篤厚也

椒聊二章章六句

綢音儔繆平聲束薪三星在天叶鐵因反今夕何夕見此良人子兮子兮如此良人何興也綢繆猶纏綿也三星心也在天昏始見于東方建辰之月也良人夫稱也國亂民貧男女有失其時而後得遂其婚姻之禮者詩人叙其婦語夫之辭曰方綢繆以束薪也

而仰見三星之在天今夕不知其何夕也而忽見良人之在此既又自謂曰子兮子兮其將奈此良人何哉喜之甚而自慶之辭也

綢繆束芻叶側九反三星在隅叶語口反今夕何夕見此邂音械逅音候叶狼口反子兮子兮如此邂逅何興也隅東南隅也昏見之星至此則夜久矣邂逅相遇之意此為夫婦相語之辭也

綢繆束楚三星在戶今夕何夕見此粲者叶章與反子兮子兮如此粲者何興也戶室戶也戶必南出昏見之星至此則夜分矣粲美也此為夫語婦之辭也或曰女三為粲一妻二妾也

綢繆三章章六句

有杕音第之杜其葉湑湑上聲獨行踽踽音矩豈無他人不如

我同父嗟行之人胡不比音鼻焉人無兄弟胡不佽音次焉興也杕特也杜赤棠也湑湑盛貌踽踽無所親之貌同父兄弟也比輔佽助也　此無兄弟者自傷其孤特而求助于人之辭言杕然之杜其葉猶湑湑然人無兄弟則獨行踽踽曾杜之不如矣然豈無他人之可與同行也哉特以其不如我兄弟是以不免于踽踽耳于是嗟歎行路之人何不閔我之獨行而見親憐我之無兄弟而見助乎　有杕之杜其葉菁菁音精獨行睘睘音瓊豈無他人不如我同姓叶桑經反嗟行之人胡不比焉人無兄弟胡不佽焉興也菁菁亦盛貌睘睘無所依貌

杕杜二章章九句

羔裘豹袪音嶇自我人居居豈無他人維子之故賦也羔裘君純羔大夫以豹飾袪袂也居居未詳羔裘豹褎音袖自我人究究豈無他人維子之好去聲叶呼侯反賦也褎猶袪也究究亦未詳

羔裘二章章四句此詩不知所謂不敢強解

肅肅鴇羽集于苞栩音許王事靡盬音古不能蓺稷黍父母何怙音戶悠悠蒼天曷其有所比也肅肅羽聲鴇鳥名似雁而大無後趾集止也苞叢生也栩柞櫟也其子為皁斗殼可以染皁者是也盬不攻緻也蓺樹怙恃也　民從征役而不得養其父母故作此詩言鴇之性不樹止而今乃飛集于苞栩之上如民之性本不便于勞苦今乃久從征役而不得耕田

以供子職也悠悠蒼天何時使我得其所乎

肅肅鴇翼集于苞棘王事靡盬不能蓺黍稷父母何食悠悠蒼天曷其有極比也極已也

肅肅鴇行音杭集于苞桑王事靡盬不能蓺稻粱父母何嘗悠悠蒼天曷其有常比也行列也稻即今南方所食稻米水生而色白者也粱粟類也有數色嘗食也常復其常也

鴇羽三章章七句

豈曰無衣七兮不如子之衣安且吉兮賦也侯伯七命其車旗衣服皆以七為節子天子也 史記曲沃桓叔之孫武公伐晉滅之盡以其寶器賂周釐王王以武公為晉君列于諸

侯此詩蓋述其請命之意言我非無是七章之衣也而必請命者蓋以不如天子之命服之為安且吉也蓋當是時周室雖衰典刑猶在武公既負弑君簒國之罪則人得討之而無以自立于天地之間故賂王請命而為說如此然其倨慢無禮亦已甚矣釐王貪其寶玩而不思天理民彝之不可廢是以誅討不加而爵命行焉則王綱于是乎不振而人紀或幾乎絶矣嗚呼痛哉

豈曰無衣六兮不如子之衣安且燠音郁兮

賦也天子之卿六命變七言六者謙也不敢以當侯伯之命得受六命之服比于天子之卿亦幸矣燠煖也言其可以久也

無衣二章章三句

有杕之杜生于道左彼君子兮噬音逝肯適我中心好去聲

之曷飲食（音嗣）之比也左東也噬發語詞曷何也此人好賢而恐不足以致之故言此杕然之杜生于道左其蔭不足以休息如己之寡弱不足恃賴則彼君子者亦安肯顧而適我哉然其中心好之則不已也但無自而得飲食之耳夫以好賢之心如此則賢者安有不至而何寡弱之足患哉

有杕之杜生于道周彼君子兮噬肯來遊中心好之曷飲食之比也周曲也

有杕之杜二章章六句

葛生蒙楚蘞（音廉）蔓于野（叶上與反）予美亡此誰與獨處興也蘞草名似栝樓葉盛而細蔓延也予美婦人指其夫也婦人以其夫久從征役而不歸故言葛生而蒙于楚蘞生

而蔓于野各有所依託而予之所美者獨不在是則誰與而獨處于此乎

葛生蒙棘蘞蔓于域予美亡此誰與獨息興也域塋域也息止也角枕粲兮錦衾爛兮予美亡此誰與獨旦賦也粲爛華美鮮明之貌獨旦獨處至旦也

夏之日冬之夜叶羊茹反百歲之後歸于其居叶姬御反賦也夏日永冬夜永居墳墓也　夏日冬夜獨居憂思于是為切然君子之歸無期不可得而見矣要死而相從耳鄭氏曰言此者婦人專一義之至情之盡蘇氏曰思之深而無異心此唐風之厚也

冬之夜同上夏之日百歲之後叶音戶歸于其室賦也室壙也

葛生五章章四句

采苓采苓，首陽之巔。叶典因反人之為言，苟亦無信。叶斯人反舍旃舍旃，音捨苟亦無然。人之為言，胡得焉。

比也。首陽，首山之南也。巔，山頂也。旃，之也。此刺聽讒之詩。言子欲采苓于首陽之巔乎？然人之為是言以告子者，未可遽以為信也。姑舍置之，而無遽以為然，徐察而審聽之，則造言者無所得而讒止矣。或曰興也。下章放此。

采苦采苦，首陽之下。叶後五反人之為言，苟亦無與。舍旃舍旃，苟亦無然。人之為言，胡得焉。

比也。苦，苦菜也。生山田及澤中，得霜甜脆而美。與，許也。

采葑采葑，首陽之東。人之為言，苟亦無從。舍旃舍旃，苟亦無然。人之為言，胡得焉。

比也。從，聽也。

采芩三章章八句

唐國十二篇三十三章二百三句

秦一之十一

秦國名其地在禹貢雍州之域近鳥鼠山初伯益佐禹治水有功賜姓嬴氏其後中潏居西戎以保西垂六世孫大駱生成及非子非子事周孝王養馬于汧渭之閒馬大蕃息孝王封為附庸而邑之秦至宣王時犬戎滅成之族宣王遂命非子曾孫秦仲為大夫誅西戎不克見殺及幽王為西戎犬戎所殺平王東遷秦仲孫襄公以兵送之王封襄公為諸侯曰能逐犬戎即有岐豐之地襄公遂有周西都畿内八百里之地至玄孫德公又徙于雍秦即今之秦州雍今京兆府興平縣是也

有車鄰鄰有馬白顛叶典因反未見君子寺人之令平聲 賦也鄰鄰衆車之聲白顛額有白毛今謂之的顙君子指秦君寺人內小臣也令使也是時秦君始有車馬及此寺人之官將見者必先使寺人通之故國人創見而誇美之也

阪音反有漆隰有栗既見君子並坐鼓瑟今者不樂音洛逝者其耋音垤叶地一反 興也八十曰耋阪則有漆矣隰則有栗矣既見君子則並坐鼓瑟矣失今不樂則逝者其耋矣

阪有桑隰有楊既見君子並坐鼓簧今者不樂逝者其亡興也簧笙中金葉吹笙則鼓動之以出聲者也

車鄰三章一章四句二章章六句

駟驖音鐵孔阜六轡在手公之媚子從公于狩叶始九反賦也駟驖四馬皆黑色如鐵也孔甚也阜肥大也六轡者兩服兩驂各兩轡而驂馬內兩轡納之于觖故惟六轡在手也媚子所親愛之人也此亦前篇之意也

奉時辰牡辰牡孔碩叶常灼反公曰左之舍音捨拔音鈸則獲叶黃郭反賦也時是辰時也牡獸之牡者也辰牡者冬獻狼夏獻麋春秋獻鹿豕之類奉之者虞人翼以待射也碩肥大也公曰左之者命御者使左其車以射獸之左也蓋射必中其左乃為中殺五御所謂逐禽左者為是故也拔矢括也曰左之而舍拔無不獲者言獸之多而射御之善也

遊于北園四馬既閑叶胡田反輶音由車鸞鑣音標載獫音殮歇驕音嚻賦也田事已畢故遊于北園閑調習也輶輕也鸞鈴也效鸞鳥之聲鑣馬銜也驅逆之車置

鸞于馬銜之兩旁乘車則鸞在衡和在軾也獫歇驕皆田犬名長喙曰獫短喙曰歇驕以車載犬盖以休其足力也韓愈畫記有騎擁田犬者亦此類

駟驖三章章四句

小戎俴音踐收五楘音木梁輈音舟游環脅驅叶俱懼反又居錄反陰靷音胤鋈音沃續叶詞屢反又如字文茵音因暢轂叶又去聲駕我騏音其馵音注又之錄反言念君子溫其如玉在其板屋亂我心曲

賦也小戎兵車也俴淺也收軫也謂車前後兩端橫木所以收斂所載者也凡車之制廣皆六尺六寸其平地任載者為大車則軫深八尺兵車則軫深四尺四寸故曰小戎俴收也五五束也楘歷錄然文章之貌也梁輈從前軫以前稍

曲而上至衡則向下鉤之衡横于輈下而輈形穹隆上曲如屋之梁又以皮革五處束之其文章歷録然也游環靷環也以皮為環當兩服馬之背上游移前却無定處引兩驂馬之外轡貫其中而執之所以制驂馬使不得外出左傳曰如驂之有靳是也脅驅亦以皮為之前係于衡之兩耑後係于軫之兩端當服馬脅之外所以驅驂馬使不得内入也陰揜軓也軓在軾前而以板横側揜之以其陰映此軓故謂之陰也靷以皮二條前係驂馬之頸後係陰版之上也鋈續陰版之上有續靷之處消白金沃灌其環以為飾也蓋車衡之長六尺六寸止容二服驂馬之頸不當于衡故别為二靷以引車亦謂之靳左傳曰兩靷將絶是也文茵車中所坐虎皮褥也暢長也轂者車輪之中外持輻内受軸者也大車之轂一尺有半兵車之轂長三尺二寸故兵車曰暢轂騏騏文也馬左足白曰馵君子婦人目其夫也温其如玉美之之辭也板屋者西戎之俗以版為屋心曲心中委

曲之處也西戎者秦之臣子所與不共戴天之讐也襄公上承天子之命率其國人往而征之故其從役者之家人先誇車甲之盛如此而後及其私情蓋以義興師則雖婦人亦知勇于赴敵而無所怨矣

四牡孔阜六轡在手騏騮音留是中叶諸仍反騧音瓜驪是驂叶疏簪反龍盾之合鋈以觼音厥軜音納言念君子溫其在邑叶于合反方何為期胡然我念之

賦也赤馬黑鬛曰騮中兩服馬也黃馬黑喙曰騧驪黑色也盾干也畫龍于盾合而載之以為車上之衛必載二者備破毀也觼環之有舌者軜驂內轡也置觼于軾前以係軜故謂之觼軜亦消沃白金以為飾也邑西鄙之邑也方將也將以何時為歸期乎何為使我思念之極也

俴駟孔羣厹音求矛鋈錞音隊叶朱倫反蒙伐有苑叶音氳虎韔音暢

鏤音漏膺交韔二弓叶姑弘反竹閉緄音衮縢音滕言念君子載寢載興厭厭平聲良人秩秩德音叶一陵反賦也俴駟四馬皆以淺薄之金為甲欲其輕而易于馬之旋習也孔甚羣和也厹矛三隅矛也鋈錞以白金沃矛之下端平底者也蒙雜也伐中干也盾之別名苑文貌畫雜羽之文于盾上也虎韔以虎皮為弓室也鏤膺鏤金以飾馬當胷帶也交韔交二弓于韔中謂顛倒安置之必二弓以備壞也閉弓檠也儀禮作䪜緄繩縢約也以竹為閉而以繩約之于弛弓之裏檠弓體使正也載寢載興言思之深而起居不寧也厭厭安也秩秩有序也

小戎三章章十句

蒹音兼葭音加蒼蒼白露為霜所謂伊人在水一方遡音素洄

音洄從之道阻且長遡游從之宛在水中央賦也蒹似萑而細高數尺又謂之蒹葭蘆也蒹葭未敗而露始為霜秋水時至百川灌河之時也伊人猶言彼人也一方彼一方也遡洄逆流而上也遡游順流而下也宛然坐見貌在水之中央言近而不可至也　言秋水方盛之時所謂彼人者乃在水之一方上下求之而皆不可得然不知其何所指也

蒹葭淒淒白露未晞所謂伊人在水之湄遡洄從之道阻且躋遡游從之宛在水中坻音遲賦也淒淒猶蒼蒼也晞乾也湄水草之交也躋升也言難至也小渚曰坻

蒹葭采采叶此禮反白露未已所謂伊人在水之涘叶以止二音遡洄從之道阻且右叶羽軌反遡游從之宛在水中沚賦也采采

言其盛而可采也已止也右也不相直而出其右也小渚曰沚

蒹葭三章章八句

終南何有有條有梅叶莫悲反君子至止錦衣狐裘叶渠之反顏如渥音握丹其君也哉叶將黎反興也終南山名在今京兆府南條山楸也皮葉白色亦白材理好宜為車版君子指其君也至止至終南之下也錦衣狐裘諸侯之服也玉藻曰君衣狐白裘錦衣以裼之渥漬也其君也哉言容貌衣服稱其為君也此秦人美其君之辭亦車鄰駟驖之意也

終南何有有紀有堂君子至止黻音弗衣繡裳佩玉將將音鏘壽考不忘興也紀山之廉角也堂山之寬平處也黻之狀亞兩已相戾也繡刺繡也將將佩玉聲也壽考

不忘者欲其居此位服此服長久而安寧也

終南二章章六句

交交黃鳥止于棘誰從穆公子車奄息維此奄息百夫之特臨其穴叶户橘反惴惴其慄彼蒼者天叶鐵因反殲音尖我良人如可贖兮人百其身

興也交交飛而往來之貌從穆公從死也子車氏奄息名特傑出之稱穴壙也惴惴懼貌慄懼殲盡良善贖貿也秦穆公卒以子車氏之三子為殉皆秦之良也國人哀之為之賦黃鳥事見春秋傳即此詩也言交交黃鳥則止于棘矣誰從穆公則子車奄息也蓋以所見起興也臨穴而惴惴慄慄蓋生納之壙中也三子皆國之良而一旦殺之若可貿以他人則人皆願百其身以易之矣

交交黃鳥止于桑誰從穆公子車仲行（音杭）維此仲行百夫之防臨其穴惴惴其慄彼蒼者天殲我良人如可贖兮人百其身（興也防當也言一人可以當百夫也）交交黃鳥止于楚誰從穆公子車鍼（音拑）虎維此鍼虎百夫之禦臨其穴惴惴其慄彼蒼者天殲我良人如可贖兮人百其身（興也禦猶當也）

黃鳥三章章十二句

春秋傳曰君子曰秦穆公之不為盟主也宜哉死而棄民先王違世猶貽之法而況奪之善人乎今縱無法以遺後嗣而又收其良以死難以在上矣君子是以知秦之不復東征也愚按穆公于此其罪不可逃矣但或以為穆公遺命如此而三子自殺以從

之則三子亦不得為無罪今觀臨穴惴慄之言則是康公從父之亂命迫而納之于壙其罪有所歸矣又按史記秦武公卒初以人從死死者六十六人至穆公遂用百七十七人而三良與焉蓋其初特出于戎狄之俗而無明主賢伯以討其罪于是習以為常則雖以穆公之賢而不免論其事者亦徒閔三良之不幸而嘆秦之衰至于王政不綱諸侯擅命殺人不忌至于如此則莫知其為非也嗚呼俗之弊也久矣其後始皇之葬後宮皆令從死工匠生閉墓中尚何怪哉

鴥（音聿）彼晨風（叶孚愔反）鬱彼北林未見君子憂心欽欽如何如何忘我實多

興也鴥疾飛貌晨風鸇也鬱茂盛貌君子指其夫也欽欽憂而不忘之貌婦人以夫不在而言鴥彼晨風則歸于鬱然之北林矣故我未見君子而憂心欽欽也彼君子者如之何而忘我之

多乎此與扊扅之歌同意蓋秦俗也

山有苞櫟音歷叶歷各反隰有六駮音剝

未見君子憂心靡樂音洛如何如何忘我實多興也駁梓榆也其皮青白如駁 山則有苞櫟矣隰則有六駁矣未見君子則憂心靡樂矣靡樂則憂之甚也

山有苞棣隰有樹檖未見君子憂心如醉如何如何忘我實多興也棣唐棣也檖赤羅也實似梨而小酢可食如醉則憂又甚矣

晨風三章章六句

豈曰無衣與子同袍叶步謀反王于興師修我戈矛與子同仇賦也袍襺也戈長六尺六寸矛長二丈王于興師以天子之命而興師也 秦俗強悍樂于戰鬬故其人

平居而相謂曰豈以子之無衣而與子同袍乎蓋以王于興師則將修我戈矛而與子同仇也其懽愛之心足以相死如此蘇氏曰秦本周地故其民猶思周之盛時而稱先王焉或曰興也取與子同三字為義後章放此

豈曰無衣與子同澤叶徒洛反王于興師修我矛戟叶訖約反與子偕作

賦也澤裏衣也以其親膚近于垢澤故謂之澤戟車戟也長丈六尺

豈曰無衣與子同裳王于興師修我甲兵叶蒲芒反與子偕行叶戶郎反

賦也行往也

無衣三章章五句

秦人之俗大抵尚氣槩先勇力忘生輕死故其見于詩如此然本其初而論之岐豐之地文王用之以興二南之化如彼其忠且厚也秦人用之未幾而一變其俗

至于如此則已悍然有招八州而朝同列之氣矣何哉雍州土厚水深其民厚重質直無鄭衛驕惰浮靡之習以善導之則易以興起而篤于仁義以猛驅之則其強毅果敢之資亦足以強兵力農而成富強之業非山東諸國所及也嗚呼後世欲為定都立國之計者誠不可不監乎此而凡為國者其于導民之路尤不可不審其所之也

我送舅氏曰至渭陽何以贈之路車乘去聲黄賦也舅氏秦康公之舅晉公子重耳也出亡在外穆公召而納之時康公為太子送之渭陽而作此詩渭水名秦時都雍至渭陽者蓋東行送之于咸陽之地也路車諸侯之車也乘黄四馬皆黄也

我送舅氏悠悠我思叶新齋反何以贈之瓊瑰音嬀玉佩叶蒲眉反賦也悠悠長也序以為時康公之

母穆姬已卒故康公送其舅而念母之不見也或曰穆姬之卒不可考此但别其舅而懷思耳瓊瑰石而次玉

渭陽二章章四句

案春秋傳晉獻公烝于齊姜生秦穆夫人太子申生娶犬戎胡姬生重耳小戎子生夷吾驪姬生奚齊其娣生卓子驪姬譖申生申生自殺又譖二公子二公子皆出奔獻公卒奚齊卓子繼立皆為大夫里克所弒秦穆公納夷吾是為惠公卒子圉立是為懷公立之明年秦穆公又召重耳而納之是為文公王氏曰至渭陽者送之遠也悠悠我思者思之長也路車乘黄瓊瑰玉佩者贈之厚也廣漢張氏曰康公為太子送舅氏而念母之不見是固良心也而卒不能自克于令狐之役怨欲害乎良心也使康公知循是心養其端而充之則怨欲可消矣

于我乎夏屋渠渠今也每食無餘于音吁嗟乎不承權輿

賦也夏大也渠渠深廣貌承繼也權輿始也此言其君始有渠渠之夏屋以待賢者而其後禮意寖衰供億寖薄至于賢者每食而無餘于是歎之言不能繼其始也

于我乎每食四簋叶己有反今也每食不飽叶補茍反于嗟乎不承權輿

賦也簋瓦器容斗二升方曰簠圓曰簋簠盛稻粱簋盛黍稷四簋禮食之盛也

權輿二章章五句

漢楚元王敬禮申公白公穆生穆生不嗜酒元王每置酒嘗為穆生設醴及王戊即位常設後忘設焉穆生退曰可以逝矣醴酒不設王之意怠不去楚人將鉗我于市遂稱疾申公白公强起之曰獨不念先王之德歟今王一旦失小禮何足至此穆生曰先王之所以禮吾三人者為道之存故也今而忽之是忘道也忘道之人胡可與久處豈為區區之禮哉遂

謝病去亦此
詩之意也

秦國十篇二十七章一百八十一句

陳一之十二

陳國名太皡伏羲氏之墟在禹貢豫州之東其地廣平無名山大川西望外方東不及孟諸周武王時帝舜之冑有虞閼父為周陶正武王賴其利器用與其神明之後以元女大姬妻其子滿而封之于陳都于宛丘之側與黄帝帝堯之後共為三恪是為胡公大姬婦人尊貴好樂巫覡歌舞之事其民化之今之陳州即其地也

子之湯音蕩兮宛丘之上兮洵音荀有情兮而無望兮

賦也子指遊蕩之人也湯蕩也四方高中央下曰宛丘洵信也望人所瞻望也國人見此人常遊蕩于宛丘之上故叙

其事以刺之言雖信有情思而可樂矣然無威儀可瞻望也

坎其擊鼓宛丘之下叶後戶反無冬無夏叶與下反值音治其鷺羽賦也坎擊鼓聲值植也鷺舂鉏今鷺鷥好而潔白頭上有長毛十數枚羽以其羽為翳舞者持以指麾也言無時不出遊而鼓舞于是也

坎其擊缶音否宛丘之道叶徒厚反無冬無夏值其鷺翿音導叶殖有反賦也缶瓦器可以節樂翿翳也

宛丘三章章四句

東門之枌音文宛丘之栩音許子仲之子婆娑音梭其下叶後五反賦也枌白榆也先生葉卻著莢皮色白子仲之子子仲氏之女也婆娑舞貌　此男女聚會歌舞而賦其事

以相樂也

穀旦于差音釵叶七何反南方之原不績其麻叶謨婆反市也婆娑賦也穀善差擇也既差擇善旦以會于南方之原于是棄其業以舞于市而往會也

穀旦于逝越以鬷音宗邁叶力制反視爾如荍音翹貽我握椒賦也逝往越于鬷衆也邁行也荍芘芣也又名荆葵紫色椒芬芳之物也言又以善旦而往于是以其衆行而男女相與道其慕悅之辭曰我視爾顏色之美如芘芣之華于是遺我以一握之椒而交情好也

東門之枌三章章四句

衡門之下可以棲音西遲泌音祕之洋洋可以樂音洛飢賦也衡門横木為門也門之深者有阿塾堂宇此惟横木為之棲遲遊息也泌泉水也洋洋水流貌此隱居自樂而無

求者之辭言衡門雖淺陋然亦可以遊息泌水雖不可飽然亦可以玩樂而忘飢也豈其食魚必河之魴音房豈其取音娶妻必齊之姜賦也姜齊姓豈其食魚必河之鯉豈其取妻必宋之子叶奬里反賦也子宋姓

衡門三章章四句

東門之池可以漚烏豆反麻叶謨婆反彼美淑姬可與晤音悮歌

興也池城池也漚漬也治麻者必先以水漬之晤猶解也此亦男女會遇之辭蓋因其會遇之地所見之物以起興也

東門之池可以漚紵音苧彼美淑姬可與晤語興也紵麻屬

東門之池可以漚菅音間叶居賢反彼美淑姬可與晤

言興也菅葉似茅而滑澤莖有白粉柔韌宜為索也

東門之池三章章四句

東門之楊其葉牂牂音臧昏以為期明星煌煌興也東門相期之地也楊柳之楊起者也牂牂盛貌明星啟明也煌煌大明貌此亦男女期會而有負約不至者故因其所見以起興

東門之楊其葉肺肺音霈昏以為期明星晢晢音制也興也肺肺猶牂牂也晢晢猶煌煌也

東門之楊二章章四句

墓門有棘斧以斯之夫也不良國人知之知而不已誰

昔然矣興也墓門凶僻之地多生荊棘斯析也夫指所刺之人也誰昔昔也猶言疇昔也言墓門有棘則斧以斯之矣此人不良則國人知之矣國人知之猶不自改則自疇昔而已然非一日之積矣所謂不良之人亦不知其何所指也

墓門有梅有鴞萃止夫也不良歌以訊叶息悴反之訊予不顧叶果五反顛倒思予叶演女反興也鴞鴞惡聲之鳥也萃集訊告也顛倒狼狽之狀墓門有梅則有鴞萃之矣夫也不良則有歌其惡以訊之者矣訊之而不予顧至于顛倒然後思予則豈有所及哉或曰訊予之予疑當依前章作而字

墓門二章章六句

防有鵲巢邛音窮有旨苕音條叶徒刀反誰侜音周予美心焉忉忉

音刀。興也。防，人所築以捍水者。邛，丘。旨，美也。苕，苕饒也。莖如勞豆而細，葉似蒺藜而青，其莖葉綠色，可生食，如小豆藿也。侜，侜張也，猶鄭風之所謂迋也。予美，指所與私者也。忉忉，憂貌。此男女之有私而憂或間之之辭。故曰防則有鵲巢矣，邛則有旨苕矣，今此何人而侜張予之所美，使我憂之而至于忉忉乎。

中唐有甓，音闢邛有旨鷊。音逆誰侜予美，心焉惕惕。音剔興也。廟中路謂之唐。甓，瓴甋也。鷊，小草，雜色如綬。惕惕，猶忉忉也。

防有鵲巢二章，章四句。

月出皎兮，佼音絞人僚音了兮。舒窈音杳糾音矯兮，勞心悄兮。興也。皎，月光也。佼人，美人也。僚，好貌。窈，幽遠也。糾，愁結也。悄，憂也。此亦男女相悅而相念之辭。言月出則皎然矣，

佼人則僚然矣安得見之而舒窈糾之情乎是以為之勞心而悄然也

月出皓音昊兮佼人劉音柳叶朗老反兮舒懮音黝受叶時倒反兮勞心慅音草兮興也劉好貌懮受憂思也慅猶悄也

月出照兮佼人燎音料兮舒夭上聲紹音邵兮勞心慘當作懆七吊反兮興也燎明也夭紹糾緊之意慘憂也

月出三章章四句

胡為乎株林從夏上聲南叶尼心反下同匪適株林從夏南賦也株林夏氏邑也夏南徵舒字也靈公淫于夏徵舒之母朝夕而往夏氏之邑故其民相與語曰君胡為乎株林乎曰從夏南耳然則非適株林也特以從夏南故耳蓋淫乎夏姬不可言也故以從其子言之詩人之忠厚如此

駕我乘去聲馬叶滿補反說音稅于株野叶上與反乘平聲我乘駒朝食于株賦也說舍也馬六尺以下曰駒

株林二章章四句春秋傳夏姬鄭穆公之女也嫁于陳大夫夏御叔靈公與其大夫孔寧儀行父通焉洩冶諫不聽而殺之後卒為其子徵舒所弒而徵舒復為楚莊王所誅

彼澤之陂叶音波有蒲與荷音何有美一人傷如之何寤寐無為涕泗音四滂沱興也陂澤障也蒲水草可為席者荷芙蕖也自目曰涕自鼻曰泗此詩之旨與月出相類言彼澤之陂則有蒲與荷矣有美一人而不可見則雖憂傷而如之何哉寤寐無為涕泗滂沱而已矣　彼澤之陂有蒲與蕑音間叶居賢反有美一人碩大且

卷音權寤寐無為中心悁悁音娟興也蕑蘭也卷鬈髮之美也悁悁猶悒悒也

彼澤之陂有蒲菡萏叶待檢反有美一人碩大且儼寤寐無為輾轉伏枕叶知險反興也菡萏荷華也儼矜莊貌輾轉伏枕臥而不寐思之深且久也

澤陂三章章六句

陳國十篇二十六章一百一十四句東萊呂氏曰變風終于陳靈其間男女夫婦之詩一何多邪曰有天地然後有萬物有萬物然後有男女有男女然後有夫婦有夫婦然後有父子有父子然後有君臣有君臣然後有上下有上下然後禮義有所錯男女者三綱之本萬事之先也正風之所以為正者舉其正者以勸之也變風之所以為

變者舉其不正者以戒之也道之升降時之治亂俗之汚隆民之死生于是乎在録之煩悉篇之重復亦何疑哉

檜一之十三

檜國名高辛氏火正祝融之墟在禹貢豫州外方之北滎波之南居溱洧之間其君妘姓祝融之後周衰為鄭桓公所滅而遷國焉今之鄭州即其地也蘇氏以為檜詩皆為鄭作如邶鄘之于衛也未知是否

羔裘逍遙狐裘以朝音潮叶直勞反豈不爾思勞心忉忉音刀

賦也緇衣羔裘諸侯之朝服錦衣狐裘其朝天子之服也舊說檜君好潔其衣服逍遙遊宴而不能自强于政治故詩人憂之

羔裘翱翔狐裘在堂豈不爾思我心憂傷

賦也

翺翔猶逍遥也堂公堂也

羔裘如膏去聲日出有曜叶羊號反豈不爾思中心是悼賦也膏脂所漬也日出有曜日照之則有光也

羔裘三章章四句

庶見素冠兮棘人欒欒音鸞兮勞心慱慱音團兮賦也庶幸也縞冠素紕既祥之冠也黑經白緯曰縞緣邊曰紕棘急也喪事欲其總總爾哀遽之狀也欒欒瘠貌慱慱憂勞之貌祥冠祥則冠之禫則除之今人皆不能行三年之喪矣安得見此服乎當時賢者庶幾見之至于憂勞也

庶見素衣兮我心傷悲兮聊與子同歸兮賦也素冠則素衣矣與子同歸愛慕之辭也

庶見素韠音畢兮我心蘊上聲結叶訖力反兮聊與

子如一兮賦也韠蔽膝也以韋為之冕服謂之韍其餘曰韠韠從裳色素衣素裳則素韠矣蘊結思之不解也與子如一甚于同歸也

素冠三章章三句按喪禮為父為君斬衰三年昔宰予欲短喪夫子曰子生三年然後免于父母之懷子也有三年之愛于其父母乎三年之喪天下之通喪也傳曰子夏三年之喪畢見于夫子援琴而弦衎衎而樂作而曰先王制禮不敢不及夫子曰君子也閔子騫三年之喪畢見于夫子援瑟而弦切切而哀作而曰先王制禮不敢過也夫子曰君子也子路曰敢問何謂也夫子曰子夏哀已盡能引而致之于禮故曰君子也閔子騫哀未哀能自割以禮故曰君子也夫三年之喪賢者之所輕不肖者之所勉

隰有萇楚音長猗音婀儺音娜其枝夭平聲之沃沃樂音洛子之無知賦也萇楚銚弋今羊桃也子如小麥亦似桃猗儺柔順也夭少好貌沃沃光澤貌子指萇楚也政煩賦重人不堪其苦歎其不如草木之無知而無憂也

隰有萇楚猗儺其華夭之沃沃樂子之無家賦也無家言無累也

隰有萇楚猗儺其實夭之沃沃樂子之無室賦也無室猶無家也

隰有萇楚三章章四句

匪風發叶方月反兮匪車偈音挈兮顧瞻周道中心怛叶旦月反兮

賦也發飄揚貌偈疾驅貌周道適周之路也怛傷也周室衰微賢人憂歎而作此詩言常時風發而車偈則

中心怛然今非風發也非車偈也特顧瞻周道而思王室之陵遲故中心為之怛然耳

匪風飄叶匹妙反兮匪車嘌音漂叶匹妙反兮顧瞻周道中心弔兮賦也回風曰飄嘌漂搖不安之貌弔亦傷也

誰能亨魚溉音蓋之釜鬵音尋誰將西歸懷之好音興也溉滌也鬵釜屬西歸歸于周也誰能亨魚乎有則我願為之溉其釜鬵誰將西歸乎有則我願慰之以好音以見思之之甚但有西歸之人即思有以厚之也

匪風三章章四句

檜國四篇十二章四十五句

曹一之十四

曹國名其地在禹貢兗州陶丘之北雷夏菏澤之野周武王以封其弟振

鐸令之曹州即其地也

蜉蝣之羽衣裳楚楚叶創舉反心之憂矣于我歸處比也蜉蝣渠略也似蛣蜣身狹而長角黄黑色朝生暮死楚楚鮮明貌此詩蓋以時人有玩細娛而忘遠慮者故以蜉蝣為比而刺之言蜉蝣之羽翼猶衣裳之楚楚可愛也然其朝生暮死不能久存故我心憂之而欲其于我歸處耳序以為刺其君或然而未有考也

蜉蝣之翼采采衣服叶蒲北反心之憂矣于我歸息比也采采華飾也息止也

蜉蝣掘求勿反閱麻衣如雪心之憂矣于我歸說音稅叶輸爇反比也掘閱未詳說舍息也

蜉蝣三章章四句

彼候人兮何上聲戈與祋都律都外二反彼其音記之子三百赤芾音弗興也候人道路迎送賓客之官何揭祋殳也之子指小人芾冕服之韠也一命緼芾黝珩再命赤芾黝珩三命赤芾葱珩大夫以上赤芾乘軒此刺其君遠君子而近小人之辭言彼候人而何戈與祋者宜也彼其之子而三百赤芾何哉晉文公入曹數其不用僖負羈而乘軒者三百人其謂是歟

維鵜音啼在梁不濡其翼彼其之子不稱去聲其服叶蒲北反興也鵜洿澤水鳥俗所謂淘河也

維鵜在梁不濡其咮音晝彼其之子不遂其媾音姤興也咮喙遂稱媾寵也遂之為稱猶今人謂遂意為稱意

薈音穢兮蔚音畏兮南山朝隮音齎婉兮孌兮季女斯飢比也薈蔚草木盛多之貌朝隮雲氣升騰也婉

少貌孌好貌　薈蔚朝隮言小人衆多而氣燄盛也季女婉孌自保不妄從人而反飢困言賢者守道而反貧賤也

候人四章章四句

鳲鳩在桑其子七兮淑人君子其儀一兮其儀一兮心如結叶訖力反兮 興也鳲鳩秸鞠也亦名戴勝今之布穀也飼子朝從上下暮從下上平均如一也如結如物之固結而不散也　詩人美君子之用心均平專一故言鳲鳩在桑則其子七矣淑人君子則其儀一矣其儀一則心如結矣然不知其何所指也陳氏曰君子動容貌斯遠暴慢正顔色斯近信出辭氣斯遠鄙倍其見于威儀動作之閒者有常度矣豈固為是拘拘者哉蓋和順積中而英華發外是以由其威儀一于外而

心如結于內者從可知也
鳲鳩在桑其子在梅叶莫悲反淑人君子其帶伊絲叶新齋反其帶伊絲其弁伊騏音其興也鳲鳩常言在桑其子每章異木子自飛去母常不移也帶大帶也大帶用素絲有雜色飾焉弁皮弁也騏馬之青黑色者弁之色亦如此也書云四人騏弁今作綦言鳲鳩在桑則其子在梅矣淑人君子則其帶伊絲矣其帶伊絲則其弁伊騏矣言有常度不差忒也

鳲鳩在桑其子在棘淑人君子其儀不忒其儀不忒正是四國叶于逼反興也有常度而其心一故儀不忒儀不忒則足以正四國矣大學傳曰其為父子兄弟足法而後民法之也

鳲鳩在桑其子在榛淑人君子正是國人正是國人胡不萬年叶尼因反興也儀不忒故能正國

人胡不萬年願其壽考之辭也

鳲鳩四章章六句

洌音列彼下泉浸彼苞稂音郎愾苦愛反我寤嘆念彼周京叶居良反 比而興也洌寒也下泉泉下流者也苞草叢生也稂童粱莠屬也愾嘆息之聲也周京天子所居也王室陵夷而小國困弊故以寒泉下流而苞稂見傷為比遂興其愾然以念周京也

洌彼下泉浸彼苞蕭叶疎鳩反愾我寤嘆念彼京周 比而興也蕭蒿也京周猶周京也

洌彼下泉浸彼苞蓍音尸愾我寤嘆念彼京師叶霜夷反 比而興也蓍筮草也京師猶京周也詳見大雅公劉篇

芃芃音蓬黍苗陰雨膏去聲之

四國有王郇音荀伯勞去聲之比而興也芃芃美貌郇伯郇侯文王之後嘗為州伯治諸侯有功　言黍苗既芃芃然矣又有陰雨以膏之四國既有王矣而又有郇伯以勞之傷今之不然也

下泉四章章四句程子曰易剝之為卦也諸陽消剝已盡獨有上九一爻尚存如碩大之果不見食將有復生之理上九亦變則純陰矣然陽無可盡之理變于上則生于下無間可容息也陰道極盛之時其亂可知亂極則自當思治故衆心願戴于君子君子得輿也詩匪風下泉所以居變風之終也　陳氏曰亂極而不治變極而不正則天理滅矣人道絶矣聖人于變風之極則係之以思治之詩以示循環之理以言亂之可治變之可正也

曹國四篇十五章六十八句

豳一之十五豳國名在禹貢雍州岐山之北原隰之野虞夏之際棄為后稷而封于邰及夏之衰棄稷不務棄子不窋失其官守而自竄于戎狄之間不窋生鞠陶鞠陶生公劉能復修后稷之業民以富實乃相土地之宜而立國于豳之谷焉十世而大王徙居岐山之陽十二世而文王始受天命十三世而武王遂為天子武王崩成王立年幼不能莅阼周公旦以冢宰攝政乃述后稷公劉之化作詩一篇以戒成王謂之豳風而後人又取周公所作及凡為周公而作之詩以附焉豳在今邠州三水縣邰在今京兆府武功縣

七月流火叶虎委反九月授衣叶上聲一之日觱音必發叶芳吠反二之日栗烈叶力制反無衣無褐音曷叶許例反何以卒歲三之日于

耜叶羊里反四之日舉趾同我婦子叶奬里反饁音葉彼南畝叶滿彼反

田畯音俊至喜賦也七月斗建申之月夏之七月也後凡言月者放此流下也火大火心星也以六月之昏加于地之南方至七月之昏則下而西流矣九月霜降始寒而蠶績之功亦成故授人以衣使禦寒也一之日謂斗建子一陽之月二之日謂斗建丑二陽之月也變月言日言是月之日也後凡言日者放此蓋周之先公已用此以紀候故周有天下遂以為一代之正朔也觱發風寒也栗烈氣寒也褐毛布也歲夏正之歲也于往也耜田器也于耜言往修田器也舉趾舉足而耕也我家長自我也饁餉田也田畯田大夫勸農之官也　周公以成王未知稼穡之艱難故陳后稷公劉風化之所由使瞽矇朝夕諷誦以教之此章首言七月暑退將寒故九月而授衣以禦之蓋十一月以後風氣日寒不如是則無以卒歲也正月則往修田器二月則舉

趾而耕少者既皆出而在田故老者率婦子而餉之治田早而用力齊是以田畯至而喜之也此章前段言衣之始後段言食之始二章至五章終前段之意六章至八章終後段之意

七月流火九月授衣春日載陽有鳴倉庚叶古郎反女執懿筐遵彼微行叶户郎反爰求柔桑春日遲遲采蘩祁祁女心傷悲殆及公子同歸

賦也載始也陽溫和也倉庚黃鸝也懿深美也遵循也微行小徑也柔桑穉桑也遲遲日長而暄也蘩白蒿也所以生蠶今人猶用之蓋蠶生未齊未可食桑故以此啖之也祁祁衆多也或曰徐也公子豳公之子也 再言流火授衣者將言女功之始故又本于此遂言春日始和有鳴倉庚之時而蠶始生則執深筐以求穉桑然又有生而未齊者則采蘩者衆而此治蠶之女感時而傷悲蓋是時公子猶娶于國中而貴家大族

連姻公室者亦無不力于蠶桑之務故其許嫁之女預以將及公子同歸而遠其父母為悲也其風俗之厚而上下之情交相忠愛如此後章凡言公子者放此

七月流火八月萑音完葦音偉蠶月條音挑桑取彼斧斨音槍以伐遠揚猗音伊彼女桑七月鳴鵙音決八月載績載玄載黃我朱孔陽為公子裳

賦也萑葦即蒹葭也蠶月治蠶之月條桑枝落之采其葉也斧隋銎斨方銎遠揚遠枝揚起者也取葉存條曰猗女桑小桑也小桑不可條取故取其葉而存其條猗猗然耳鵙伯勞也績緝也玄黑而有赤之色朱赤色陽明也言七月暑退將寒而是歲禦冬之備亦庶幾其成矣又當預擬來歲治蠶之用故于八月萑葦既成之際而收蓄之將以為曲薄至來歲治蠶之月則采桑以供蠶食而大小畢取見蠶盛而人力至也蠶事既備又于鳴鵙之

後麻熟而可績之時則績其麻以為布而凡此蠶績之所成者皆染之或玄或黄而其朱者尤為鮮明皆以供上而為公子之裳言勞于其事而不自愛以奉其上葢至誠慘怛之意上以是施之下以是報之也以上二章專言蠶績之事以終首章前段無衣之意

四月秀葽音腰五月鳴蜩音條八月其穫音鑊十月隕蘀音託一之日于貉音鶴取彼狐狸為公子裘叶渠之反二之日其同載纘武功言私其豵音宗獻豜音堅于公

賦也不榮而實曰秀葽草名蜩蟬也穫禾之早者可穫也隕墜蘀落也謂草木隕落也貉狐狸也于貉猶言于耜謂往取狐狸也同竭作以狩也纘習而繼之也豵一歲豕豜三歲豕　言自四月純陽而歷一陰四陰以至純陰之月則大寒之候將至雖蠶桑之功無所不備猶恐其不足以禦寒故于貉而取狐狸之皮以

為公子之裘也獸之小者私之以為已有而大者則獻之于上亦愛其上之無已也此章專言狩獵以終首章前段無褐之意

五月斯螽音終動股六月莎音蓑雞振羽七月在野叶上與反八月在宇九月在戶十月蟋蟀入我牀下叶後五反穹起弓反窒珍悉反熏許云反鼠塞入聲向墐音覲戶嗟我婦子叶茲五反曰為改歲入此室處

賦也斯螽莎雞蟋蟀一物隨時變化而異其名動股始躍而以股鳴也振羽能飛而以翅鳴也宇簷下也暑則在野寒則依人穹空隙也窒塞也向北出牖也墐塗也庶人蓽戶冬則塗之東萊呂氏曰十月而曰改歲三正之通于民俗尚矣周特舉而迭用之耳　言觀蟋蟀之依人則知寒之將至矣于是室中空隙者塞之熏鼠使不得穴于其中塞向以當北風墐戶以禦寒氣而語其婦子曰

歲將改矣天既寒而事亦已可以入此室處矣此見老者之愛也此章亦以終首章前段禦寒之意六月食鬱及薁音郁七月亨音烹葵及菽音叔八月剝棗音走十月穫稻叶徒苟反為此春酒以介眉壽叶殖酉反七月食瓜叶音孤八月斷壺九月叔苴音疽采荼音徒薪樗敕書反食音嗣我農夫賦也鬱棣屬薁蘡薁也葵菜名菽豆也剝擊也穫稻以釀酒也介助也介眉壽者頌禱之辭也壺瓠也食瓜斷壺亦去圃為場之漸也叔拾也苴麻子也荼苦菜也樗惡木也自此至卒章皆言農圃飲食祭祀燕樂以終首章後段之意而此章果酒嘉蔬以供老疾奉賓祭瓜瓠苴荼以為常食少長之義豐儉之節然也九月築場圃音布十月納禾稼叶古護反黍稷重平聲穋音六叶六直反禾麻

菽麥叶訖力反嗟我農夫我稼既同上入執宮功晝爾于茅宵爾索綯音陶亟音棘其乘屋其始播百穀賦也場圃同地物生之時則耕治以為圃而種菜茹物成之際則築堅之以為場而納禾稼蓋自田而納之于場也禾者穀連藁秸之總名禾之秀實而在野曰稼先種後熟曰重後種先熟曰穋再言禾者稻秫苽粱之屬皆禾也同聚也宮邑居之宅也古者民受五畝之宅二畝半為廬在田春夏居之二畝半為宅在邑秋冬居之功葺治之事也或曰公室官府之役也古者用民之力歲不過三日是也索絞也綯索也乘升也　言納于場者無所不備則我稼同矣可以上入都邑而執治宮室之事矣故晝往取茅夜而絞索亟升其屋而治之蓋以來歲將復始播百穀而不暇于此故也不待督責而自相警戒不敢休息如此

呂氏曰此章終始農事以極憂勤艱難之意

二之

日鑿冰沖沖三之日納于淩音另陰叶于容反四之日其蚤音早獻羔祭韭音九叶己小反九月肅霜十月滌音笛場朋酒斯饗叶虛良反曰殺羔羊躋音賫彼公堂稱彼兕觥音肱叶古黄反萬壽無疆

賦也鑿冰謂取冰于山也沖沖鑿冰之意周禮正歲十二月令斬冰是也納藏也藏冰所以備暑也淩陰冰室也豳土寒多正月風未解凍故冰猶可藏也蚤蚤朝也韭菜名獻羔祭韭而後啟之月令仲春獻羔開冰先薦寢廟是也蘇氏曰古者藏冰發冰以節陽氣之盛夫陽氣之在天地譬猶火之著于物也故常有以解之十二月陽氣蘊伏錮而未發其盛在下則納冰于地中至于二月四陽作蟄蟲起陽始用事則亦始啟冰而廟薦之至于四月陽氣畢達陰氣將絶則冰于是大發食肉之禄老病喪浴冰無不及是以冬無愆陽夏無伏陰春無

淒風秋無苦雨雷出不震無災霜雹癘疾不降民不夭札也胡氏曰藏冰開冰亦聖人輔相燮調之一事耳不專恃此以為治也肅霜氣肅而霜降也滌場者農事畢而埽場地也兩尊曰朋鄉飲酒之禮兩尊壺于房戶間是也躋升也公堂君之堂也稱舉也疆竟也　張子曰此章見民忠愛其君之甚既勤趨于藏冰之役又相戒速畢場功殺羊以獻于

公舉酒而祝其壽也

七月八章章十一句　周禮籥章中春晝擊土鼓龡豳詩以逆暑中秋夜迎寒亦如之即謂此詩也王氏曰仰觀星日霜露之變俯察昆蟲草木之化以知天時以授民事女服事乎內男服事乎外上以誠愛下下以忠利上父父子子夫夫婦婦養老而慈幼食力而助弱其祭祀也時其燕饗也節此七月之義也

鴟鴞鴟鴞既取我子又叶入聲無毀我室又叶上聲恩斯勤斯鬻音育子之閔叶眉貧反斯比也為鳥言以自比也鴟鴞鵂鶹惡鳥攫鳥子而食者也室鳥自名其巢也恩情愛也勤篤厚也鬻養閔憂也　武王克商使弟管叔鮮蔡叔度監于紂子武庚之國武王崩成王立周公相之而二叔以武庚叛且流言于國曰周公將不利于孺子故周公東征二年乃得管叔武庚而誅之而成王猶未知周公之意也公乃作此詩以貽王託為鳥之愛巢者呼鴟鴞而謂之曰鴟鴞鴟鴞爾既取我之子矣無更毀我之室也以我情愛之心篤厚之意鬻養此子誠可憐憫今既取之其毒甚矣況又毀我室乎以比武庚既敗管蔡不可更毀我王室也

迨天之未陰雨徹彼桑土音杜綢音儔繆平聲牖戶今女音汝下民或敢侮予叶演女反比也迨及徹取也桑土桑根

也綢繆纏綿也牖巢之通氣處戶其出入處也亦為鳥言我及天未陰雨之時而往取桑根以纏綿巢之隙穴使之堅固以備陰雨之患則此下土之民誰敢有侮予者亦以比已深愛王室而預防其患難之意故孔子贊之曰為此詩者其知道乎能治其國家誰敢侮之

予手拮音吉据音居予所捋力活反荼予所蓄租子胡反予口卒瘏音徒曰予未有室家叶古胡反

比也拮据手口共作之貌捋取也荼萑苕可藉巢者也蓄積租聚卒盡瘏病也室家巢也　亦為鳥言作巢之始所以拮据以捋荼蓄租勞苦而至于盡病者以巢之未成也以比已之前日所以勤勞如此者以王室之新造而未集故也

予羽譙譙音樵予尾翛翛音消予室翹翹風雨所漂搖予維音嘵嘵音囂

比也譙譙殺也翛翛敝也翹翹危也嘵嘵急也　亦為鳥言

羽殺尾敝以成其室而未定也風雨又從而漂揺之則我之哀鳴安得而不急哉以比已既勞悴王室又未安而多難乘之則其作詩以喻王亦不得而不汲汲也

鴟鴞四章章五句事見書金縢篇

我徂東山慆慆音滔不歸我來自東零雨其濛我東曰歸我心西悲制彼裳衣勿士行音抗枚叶謨悲反蜎蜎音娟者蠋音蜀烝在桑野叶上與反敦音堆彼獨宿亦在車下叶後五反賦也東山所征之地也慆慆言久也零落也濛雨貌裳衣平居之服也勿士行枚未詳其義鄭氏曰士事也行陣也枚如箸銜之有繣結項中以止語也蜎蜎動貌蠋桑蟲如蠶者也烝發語辭敦獨處不移之貌此則興也 成王既得鴟鴞

之詩又感雷風之變始悟而迎周公于是周公東征已三年矣既歸因作此詩以勞歸士蓋為之述其意而言曰我之東征既久而歸途又有遇雨之勞因追言其在東而言歸之時心已西向而悲于是制其平居之服而以為自今可以勿為行陣銜枚之事矣及其在途則又覩物起興而自嘆曰彼蜎蜎者蠋則在彼桑野矣此敦然而獨宿者則亦在此車下矣

我徂東山慆慆不歸我來自東零雨其濛果臝力果反之實亦施音異于宇伊威在室蠨音蕭蛸音霄在戶町音廷畽他短反鹿場熠音翊燿以照反宵行戶郎反不可畏叶于非反也伊可懷叶胡威反也

賦也果臝括樓也施延也蔓生延施于宇下也伊威鼠婦也室不埽則有之蠨蛸小蜘蛛也戶無人出入則結網當之町畽舍旁隙地也無人焉故鹿以為場也熠燿明不定

貌宵行蟲名如蠶夜行喉下有光如螢 章首四句言其往來之勞在外之久故每章重言見其感念之深遂言已東征而室廬荒廢至于如此亦可畏矣然豈可畏而不歸哉亦可懷思而已此則述其歸未至而室家之情也

我徂東山慆慆不歸我來自東零雨其濛鸛鳴于垤叶地一反婦嘆于室洒埽穹窒我征聿至叶入聲有敦音堆瓜苦烝在栗薪自我不見于今三年叶尼因反

賦也鸛水鳥似鶴者也垤蟻塚也穹窒見七月天將陰雨則穴處者先知故蟻出垤而鸛就食之遂鳴于其上也行者之妻亦思其夫之勞苦而嘆息于家于是洒埽穹窒以待其歸而其夫之行忽已至矣因見苦瓜繫于栗薪之上而曰自我之不見此亦已三年矣栗周土所宜木與苦瓜皆微物也見之而喜則其行久而感深可知矣

我徂東

山慆慆不歸我來自東零雨其濛倉庚于飛熠燿其羽之子于歸皇駁音剝其馬叶滿補反親結其縭叶離羅二音九十其儀叶宜俄二音其新孔嘉叶居宜居何二反其舊如之何叶奚何二音

賦而興也倉庚飛昏姻時也熠燿鮮明也黃白曰皇騮白曰駁縭婦人之褘也母戒女而為之施衿結帨也九其儀十其儀言其儀之多也賦時物以起興而言東征之歸士未有室家者及時而昏姻既甚美矣其舊有室家者相見而喜當如何邪

東山四章章十二句 序曰一章言其完也二章言其思也三章言其室家之望女也四章樂男女之得及時也君子之于人序其勤而閔其勞所以說也說以使民民忘其死其惟

東山乎愚謂完謂全師而歸無死傷之苦思謂未至而思有愴恨之懷至于室家望女男女及時亦皆其心之所願而不敢言者上之人乃先其未發而歌詠以勞苦之則其懽忻感激之情為如何哉蓋古之勞詩皆如此其上下之際情志交孚雖家人父子之相語無以過之此其所以維持鞏固數十百年而無一旦土崩之患也

既破我斧又缺我斨音搶**周公東征四國是皇哀我人斯亦孔之將**

賦也隋銎曰斧方銎曰斨征伐之用也四國四方之國也皇匡也將大也從軍之士以前篇周公勞已之勤故言此以荅其意曰東征之役既破我斧而缺我斨其勞甚矣然周公之為此舉蓋將使四方莫敢不一于正而後已其哀我人也豈不大哉然則雖有破斧缺斨之勞而義有所不得辭矣夫管蔡流

言以誘周公而公以六軍之衆往而征之使其心一有出于自私而不在于天下則撫之雖勤勞之雖至而從役之士豈能不怨也哉今觀此詩固足以見周公之心大公至正天下信其無有一毫自愛之私抑又以見當是之時雖被堅執鋭之人亦皆能以周公之心為心而不自為一身一家之計蓋亦莫非聖人之徒也學者于此熟玩而有得焉則其心正大而天地之情真可見矣

既破我斧又缺我錡音奇叶巨何反周公東征四國是吪音哦哀我人斯亦孔之嘉叶居何反

賦也錡鑿屬吪化嘉善也

既破我斧又缺我銶音求周公東征四國是遒音囚哀我人斯亦孔之休

賦也銶木屬遒斂而固之也休美也

破斧三章章六句

范氏曰象日以殺舜為事舜為天子也則封之管蔡啟商以叛

周公之為相也則誅之迹雖不同其道則一也蓋象之禍及于舜而已故舜封之管蔡流言將危周公以間王室得罪于天下故周公誅之非周公誅之天下之所當誅也周公豈得而私之哉

伐柯如何匪斧不克取去聲妻如何匪媒不得比也柯斧柄也克能也媒通二姓之言者也　周公居東之時東人言此以比平日欲見周公之難

伐柯伐柯其則不遠我覯音姤之子籩豆有踐上聲比也則法也我東人自我也之子指其妻而言也籩竹豆也豆木豆也踐行列之貌　言伐柯而有斧則不過即此舊斧之柯而得其新柯之法娶妻而有媒則亦不過即此見之而成其同牢之禮矣東人言此以比今日得見周公之易深喜之之辭也

伐柯二章章四句

九罭音域之魚鱒音尊魴我覯之子袞衣繡裳興也九罭九囊之網也鱒似鱒而鱗細眼赤魴已見上皆魚之美者也我東人自我也之子指周公也袞衣裳九章一曰龍二曰山三曰華蟲雉也四曰火五曰宗彝虎蜼也皆繢于衣六曰藻七曰粉米八曰黼九曰黻皆繡于裳天子之龍一升一降上公但有降龍以龍首卷然故謂之袞也此亦周公居東之時東人喜得見之而言九罭之網則有鱒魴之魚矣我覯之子則見其袞衣繡裳之服矣

鴻飛遵渚公歸無所于女音汝信處興也遵循也渚小洲也女東人自相女也再宿曰信東人聞成王將迎周公又自相謂而言鴻飛則遵渚矣公歸豈無所乎今特于女信處而已

鴻飛遵陸公歸不復于女信宿興也高平曰陸不復言將留相王室而不復來東也

是以有袞衣兮無以我

公歸兮無使我心悲兮賦也承上二章言周公信處信宿于此是以東方有此服衮衣之人又願其且留于此無遽迎公以歸歸則將不復來而使我心悲也

九罭四章一章四句三章章三句

狼跋其胡載疐音致其尾公孫音遜碩膚赤舄音昔几几興也跋躐也胡頷下懸肉也載則疐跲也老狼有胡進而躐其胡則退而跲其尾公周公也孫讓碩大膚美也赤舄冕服之舄也几几安重貌周公雖遭疑謗然所以處之不失其常故詩人美之言狼跋其胡則疐其尾矣公遭流言之變而其安肆自得乃如此蓋其道隆德盛而安土樂天有不足言者所以遭大變而不失其常也夫公之被毀以管蔡之流言也而詩人以為此非四國之所為乃公自讓其大美而不居耳蓋不使讒邪之口得以加

乎公之忠聖此可見其愛公之深敬公之至而其立言亦有法矣

狼疐其尾載跋其胡公孫碩膚德音不瑕叶洪孤反○興也德音猶令聞也瑕疵病也○程子曰周公之處己也夔夔然存恭畏之心其存誠也蕩蕩然無顧慮之意所以不失其聖而德音不瑕也

狼跋二章章四句

范氏曰神龍或潛或飛能大能小其變化不測然得而畜之若犬羊然有欲故也唯其可以畜之是以亦得醢而食之凡有欲之類莫不可制焉唯聖人無欲故天地萬物不能易也富貴貧賤死生如寒暑晝夜相代乎前吾豈有二其心乎哉亦順受之而已矣舜受堯之天下不以為泰孔子阨于陳蔡而不以為戚周公遠則四國流言近則王不知而赤舄几几德音不瑕其致一也

豳國七篇二十七章二百三句 程元問于文中子曰敢問豳風何風也曰變風也元曰周公之際亦有變風乎曰君臣相誚其能正乎成王終疑周公則風遂變矣非周公至誠其孰卒正之哉元曰居變風之末何也曰夷王以下變風不復正矣夫子蓋傷之也故終之以豳風言變之可正也惟周公能之故係之以正變而克正危而克扶始終不失其本其惟周公乎係之豳遠已哉 籥章歛豳詩以逆暑迎寒已見于七月之篇矣又曰祈年于田祖則歛豳雅以樂田畯祭蜡則歛豳頌以息老物則考之于詩未見其篇章之所在故鄭氏三分七月之詩以當之其道情思者為風正禮節者為雅樂成功者為頌然一篇之詩首尾相應乃劉取其一節而偏用之恐無此理故王氏不取而但謂本有是詩而亡之其說近是

或者又疑但以七月全篇隨事而變其音節或以為風或以為雅或以為頌則于理可通而事亦可行如又不然則雅頌之中凡為農事而作者皆可冠以豳號其說具于大田良耜諸篇讀者擇焉可也

詩經集傳卷三

欽定四庫全書

詩經集傳卷四

宋 朱子 撰

小雅二

雅者正也正樂之歌也其篇本有大小之殊而先儒說又各有正變之別以今考之正小雅燕饗之樂也正大雅會朝之樂受釐陳戒之辭也故或歡欣和說以盡羣下之情或恭敬齊莊以發先王之德辭氣不同音節亦異多周公制作時所定也及其變也則事未必同而各以其聲附之其次序時世則有不可考者矣

鹿鳴之什二之一

雅頌無諸國別故以十篇為一卷而謂之什猶軍法以十人為

什也

呦呦音幽鹿鳴叶音芒食野之苹叶音旁我有嘉賓鼓瑟吹笙叶師莊反吹笙鼓簧音黃承筐是將人之好去聲我示我周行叶音杭興也呦呦聲之和也苹藾蕭也青色白莖如筯我主人也賓所燕之客或本國之臣或諸侯之使也瑟笙燕禮所用之樂也簧笙中之簧也承奉也筐所以盛幣帛者也將行也奉筐而行幣帛飲則以酬賓送酒食則以侑賓勸飽也周行大道也古者於旅也語故欲於此聞其言也　此燕饗賓客之詩也蓋君臣之分以嚴為主朝廷之禮以敬為主然一於嚴敬則情或不通而無以盡其忠告之益故先王因其飲食聚會而制為燕饗之禮以通上下之情而其樂歌又以鹿鳴起興而言其禮意之厚如此庶乎人之好我而示我以大道也記曰

私惠不歸德君子不自留焉蓋其所望於羣臣嘉賓者惟在於示我以大道則必不以私惠爲德而自留矣嗚呼此其所以和樂而不淫也與

呦呦鹿鳴食野之蒿我有嘉賓德音孔昭叶側豪反視民不恌他雕反叶音洮君子是則是傚叶胡高反我有旨酒嘉賓式燕以敖音翺

興也蒿菣也即青蒿也孔甚昭明也視與示同恌偷薄也敖游也言嘉賓之德音甚明足以示民使不偷薄而君子所當則傚則亦不待言語之間而其所以示我者深矣

呦呦鹿鳴食野之芩音琴我有嘉賓鼓瑟鼓琴鼓瑟鼓琴和樂音洛且湛音耽叶持林反我有旨酒以燕樂嘉賓之心

興也芩草名莖如釵股葉如竹蔓生湛樂之久也燕安也言安樂其心則非止養其體娛其外而已蓋所以

致其殷勤之厚而欲其教示之無已也

鹿鳴三章章八句 按序以此為燕羣臣嘉賓之詩而燕禮亦云工歌鹿鳴四牡皇皇者華即謂此也鄉飲酒用樂亦然而學記言大學始教宵雅肄三亦謂此三詩然則又為上下通用之樂矣豈本為燕羣臣嘉賓而作其後乃推而用之鄉人也與然於朝曰君臣焉於燕曰賓主焉先王以禮使臣之厚於此見矣 范氏曰食之以禮樂之以樂將之以實求之以誠此所以得其心也賢者豈以飲食幣帛為悅哉夫婚姻不備則貞女不行也禮樂不備則賢者不處也賢者不處則豈得樂而盡其心乎

四牡騑騑音非周道倭音威遲豈不懷歸王事靡盬音古我心

傷悲賦也騑騑行不止之貌周道大路也倭遲回遠之貌盬不堅固也　此勞使臣之詩也夫君之使臣臣之事君禮也故為臣者奔走於王事特以盡其職分之所當為而已何敢自以為勞哉然君之心則不敢以是而自安也故燕饗之際叙其情以閔其勞言駕此四牡而出使於外其道路之回遠如此當是時豈不思歸乎特以王事不可以不堅固不敢狥私以廢公是以内顧而傷悲也臣勞於事而不自言君探其情而代之言上下之間可謂各盡其道矣傳曰思歸者私恩也靡盬者公義也傷悲者情思也無私恩非孝子也無公義非忠臣也君子不以私害公不以家事辭王事范氏曰臣之事上也必先公而後私君之勞臣也必先恩而後義

四牡騑騑嘽嘽音灘駱馬音洛叶滿補反豈不懷歸王事靡盬不遑啟處賦也嘽嘽衆盛之貌白馬黑鬣曰駱遑暇啟跪處居也

翩翩音篇者鵻

音佳載飛載下叶後五反集于苞栩音許王事靡盬不遑將父興也

翩翩飛貌鵻夫不也今鵓鳩也凡鳥之短尾者皆鵻屬將養也　翩翩者鵻猶或飛或下而集於所安之處今使人乃勞苦於外而不遑養其父此君人者所以不能自安而深以為憂也范氏曰忠臣孝子之行役未嘗不念其親君之使臣豈待其勞苦而自傷哉亦憂其憂如已而已矣此聖人所以感人心也

翩翩者鵻載飛載止集于苞杞音起王事靡盬不遑將母叶滿彼反　興也杞枸檵也

駕彼四駱載驟駸駸音侵豈不懷歸是用作歌將母來諗音審叶深　賦也駸駸驟貌諗告也以其不獲養父母之情而來告於君也非使人作是歌也設言其情以勞之耳獨言將母者因上章之文也

四牡五章章五句按序言此詩所以勞使臣之來甚協詩意故春秋傳亦云而外傳以為章使臣之勤所謂使臣雖叔孫之自稱亦正合其本事也但儀禮又以為上下通用之樂疑亦本為勞使臣而作其後乃移以他用耳

皇皇者華叶芳無反于彼原隰駪駪音莘征夫每懷靡及興也皇皇猶煌煌也華草木之華也高平曰原下濕曰隰駪駪衆多疾行之貌征夫使臣與其屬也懷思也　此遣使臣之詩也君之使臣固欲其宣上德而達下情而臣之受命亦惟恐其無以副君之意也故先王之遣使臣也美其行道之勤而述其心之所懷曰彼煌煌之華則于彼原隰矣此駪駪然之征夫則其所懷思常若有所不及矣蓋亦因以為戒然其辭之婉而不迫如此詩之忠厚亦可見矣

我馬維駒六轡如

濡載馳載驅周爰咨諏賦也如濡鮮澤也周偏爰於也咨諏訪問也使臣自以每懷靡及故廣詢博訪以補其不及而盡其職也程子曰咨訪使臣之大務

我馬維騏音其六轡如絲叶新齋反載馳載驅周爰咨謀叶莫悲反　賦也如絲調忍也謀猶諏也變文以協韻耳下章放此

我馬維駱六轡沃若烏毒反載馳載驅周爰咨度入聲　賦也沃若猶如濡也度猶謀也

我馬維駰音因六轡既均載馳載驅周爰咨詢賦也陰白雜毛曰駰均調也詢猶度也

皇皇者華五章章四句

按序以此詩為君遣使臣春秋內外傳皆云君教使臣其說已見前篇儀禮亦見鹿鳴疑亦本為遣使臣而作其後乃移以他用也然叔孫穆子所謂君

教使臣曰每懷靡及諏謀度詢必咨於周敢不拜教可謂得詩之意矣范氏曰王者遣使於四方教之以咨諏善道將以廣聰明也夫臣欲助其君之德必求賢以自助故臣能從善則可以善君矣臣能聽諫則可以諫君矣未有不自治而能正君者也

常棣之華鄂五各反不韡韡音偉凡今之人莫如兄弟待禮反

興也常棣棣也子如櫻桃可食鄂鄂然外見之貌不猶豈不也韡韡光明貌 此燕兄弟之樂歌故言常棣之華則其鄂然而外見者豈不韡韡乎凡今之人則豈有如兄弟者乎

死喪之威兄弟孔懷叶胡威反原隰裒薄侯反矣兄弟求矣

賦也威畏懷思裒聚也言死喪之禍他人所畏惡惟兄弟為相恤耳至於積尸裒聚於原野之閒亦惟兄弟為相求也此詩蓋周公既誅管蔡而作故

此章以下專以死喪急難鬭鬩之事為言其志切其情哀乃處兄弟之變如孟子所謂其兄關弓而射之則已垂涕泣而道之者序以為閔管蔡之失道者得之而又以為文武之詩則誤矣大抵舊説詩之時世皆不足信舉此自相矛盾者以見其一端後不能悉辯也

脊音積令音零在原兄弟急難叶泥沿反每有良朋況也永歎音灘叶他涓反

興也脊令雝渠水鳥也況發語辭或曰當作怳脊令飛則鳴行則搖有急難之意故以起興而言當此之時雖有良朋不過為之長歎息而已力或不能相及也東萊呂氏曰疎其所親而親其所疎此失其本心者也故此詩反覆言朋友之不如兄弟蓋示之以親疎之分使之反循其本也本心既得則由親及疎秩然有序兄弟之親既篤朋友之義亦敦矣初非薄於朋友也苟雜施而不孫雖曰厚於朋友如無源之水朝滿夕除胡可保哉或曰人之在難朋友亦可以坐視與曰每

有良朋況也永歎則非不憂憫但視兄弟急難為有差等耳詩人之辭容有抑揚然常棣周公作也聖人之言小大高下皆宜而前後左右不相悖

兄弟鬩許歷反于牆外禦其務音侮每有良朋烝之承反也無戎叶而主反賦也鬩鬩狠也禦禁也烝發語聲戎助也言兄弟設有不幸鬭狠於内然有外侮則同心禦之矣雖有良朋豈能有所助乎富辰曰兄弟雖有小忿不廢懿親

喪亂既平既安且寧雖有兄弟不如友生叶桑經反賦也上章言患難之時兄弟相救非朋友可比此章遂言安寧之後乃有視兄弟不如友生者悖理之甚也

儐賓胤反爾籩豆飲酒之飫於慮反兄弟既具和樂音洛且孺賦也儐陳飫饜具俱也孺小兒之慕父母也言陳籩豆以醉飽而兄弟有不具焉則無與共享其樂矣

妻

子好(去聲)合如鼓瑟琴兄弟既翕(音吸)和樂且湛(音耽叶持林反)賦也翕合也　言妻子好合如琴瑟之和而兄弟有不合焉則無以久其樂矣　宜爾室家(古胡反)樂爾妻帑(音奴)是究是圖亶其然乎賦也帑子究窮圖謀亶信也　宜爾室家者兄弟具而後樂且孺也樂爾妻帑者兄弟翕而後樂且湛也兄弟於人其重如此試以是究而圖之豈不信其然乎東萊呂氏曰告人以兄弟之當親未有不以為然者也苟非是究是圖實從事於此則亦未有誠知其然者也不誠知其然則所知者特其名而已矣凡學蓋莫不然

常棣八章章四句此詩首章略言至親莫如兄弟之意次章乃以意外不測之事言之以明兄弟之情其切如此三章但言急難則淺於死喪矣至於四章則又以其情義之甚薄而

猶有所不能已者言之其序若曰不待死喪然後相救但有急難便當相助言又不幸而至於或有小忿猶必共禦外侮其所以言之者雖若益輕以約而所以著夫兄弟之義者益深且切矣至於五章遂言安寧之後乃謂兄弟不如友生則是至親反爲路人而人道或幾乎息矣故下兩章乃復極言兄弟之恩異形同氣死生苦樂無適而不相須之意卒章又申告之使反復窮極而驗其信然可謂委曲漸次說盡人情矣讀者宜深味之

伐木丁丁（音爭）鳥鳴嚶嚶（音鶯）出自幽谷遷于喬木嚶其鳴矣求其友聲相（去聲）彼鳥矣猶求友聲矧伊人矣不求友生（叶桑經反）神之聽之終和且平（興也丁丁伐木聲嚶嚶鳥聲之和也幽深遷升喬高

相視矧況也此燕朋友故舊之樂歌故以伐木之丁
丁興鳥鳴之嚶嚶而言鳥之求友遂以鳥之求友喻人
之不可無友也人能篤朋友之
好則神之聽之終和且平矣

伐木許許(音虎)釃(音師)酒
有藇(音序)既有肥羜(音佇)以速諸父寧適不來微我弗顧(叶居
五反)於(音烏)粲洒(去聲)埽(去聲叶蘇吼反)陳饋八簋(叶已有反)既有肥牡以
速諸舅寧適不來微我有咎

興也許許衆人共力之聲淮南子曰舉大木者呼邪
許蓋舉重勸力之歌也釃酒者或以筐或以草泲之而
去其糟也禮所謂縮酌用茅是也藇美貌羜未成羊也
速召也諸父朋友之同姓而尊者也微無顧念也於歎
辭粲鮮明貌八簋器之盛也諸舅朋友之異姓而尊者
也先諸父而後諸舅者親疏之殺也咎過也言具酒
食以樂朋友如此寧使彼適有故而不來而無使我恩

意之不至也孔子曰所求乎朋友先施之未能也此可謂能先施矣伐木于阪叶孚臠反釃酒有衍籩豆有踐上聲兄弟無遠民之失德乾餱音侯以愆叶起淺反有酒湑上聲我無酒酤音古我坎坎鼓我蹲蹲音存舞我迨音待我暇叶後五反矣飲此湑矣興也衍多也踐陳列貌兄弟朋友之同儕者無遠皆在也先諸舅而後兄弟者尊卑之等也乾餱食之薄者也愆過也湑亦釃也酤買也坎坎擊鼓聲蹲蹲舞貌迨及也言人之所以至於失朋友之義者非必有大故或但以乾餱之薄不以分人而至於有愆耳故我於朋友不計有無但及閒暇則飲酒以相樂也

伐木三章章十二句劉氏曰此詩每章首輒云伐木凡三云伐木故知當為三

章舊作六章誤矣今從其說正之

天保定爾亦孔之固俾爾單音丹厚何福不除去聲俾爾多益以莫不庶賦也保安也爾指君也固堅單盡也除除舊而生新也庶衆也人君以鹿鳴以下五詩燕其臣臣受賜者歌此詩以答其君言天之安定我君使之獲福如此也

天保定爾俾爾戩音翦穀罄無不宜受天百祿降爾遐福維日不足賦也聞人氏曰戩與翦同盡也穀善也盡善云者猶其曰單厚多益也罄盡遐遠也爾有以受天之祿矣而又降爾以福言天人之際交相與也書所謂昭受上帝天其申命用休語意正如此

天保定爾以莫不興如山如阜如岡如陵如川之方至以莫不增賦也

興盛也高平曰陸大陸曰阜大阜曰陵皆高大之意川之方至言其盛長之未可量也

吉蠲音娟為饎音熾是用孝享叶虛良反禴音藥祠烝嘗于公先王君曰卜爾萬壽無疆賦也吉言諏日擇士之善蠲言齊戒滌濯之潔饎酒食也享獻也宗廟之祭春曰祠夏曰禴秋曰嘗冬曰烝公先公也謂后稷以下至公叔祖類也先王大王以下也君通謂先公先王也卜猶期也此尸傳神意以嘏主人之辭文王時周未有曰先王者此必武王以後所作也

神之弔音的矣詒音怡爾多福叶筆力反民之質矣日用飲食羣黎百姓徧為爾德賦也弔至也神之至矣猶言祖考來格也詒遺質實也言其質實無偽日用飲食而已羣衆也黎黑也猶秦言黔首也百姓庶民也為爾德者言則而象之猶助爾而為德也

如月之恒如

日之升如南山之壽不騫音牽不崩如松柏之茂無不爾或承賦也恒弦升出也月上弦而就盈日始出而就明騫虧也承繼也言舊葉將落而新葉已生相繼而長茂也

天保六章章六句

采薇采薇薇亦作叶則故反止曰歸曰歸歲亦莫音暮止靡室靡家叶古乎反玁音險狁音允之故不遑啟居玁狁之故興也薇菜名作生出地也莫晚靡無也玁狁北狄也遑暇啟跪也此遣戍役之詩以其出戍之時采薇以食而念歸期之遠也故為其自言而以采薇起興曰采薇采薇則薇亦作止矣曰歸曰歸則歲亦莫止矣然凡此所以使我舍其

室家而不暇啟居者非上之人故為是以苦我也直以玁狁侵陵之故有所不得已而然耳蓋叙其勤苦悲傷之情而又風以義也程子曰毒民不由其上則人懷敵愾之心矣又曰古者戍役兩朞而還今年春莫行明年夏代者至復留備秋至過十一月而歸又明年中春至春莫遣次戍者每秋與冬初兩番戍者皆在疆圉如今之防秋也

采薇采薇薇亦柔止曰歸曰歸心亦憂止憂心烈烈載飢載渴叶巨烈反我戍未定靡使歸聘興也柔始生而弱也烈烈憂貌載則也定止聘問也　言戍人念歸期之遠而憂勞之甚然戍事未已則無人可使歸而問其室家之安否也

采薇采薇薇亦剛止曰歸曰歸歲亦陽止王事靡盬不遑啟處憂心孔疚叶訖力反我行不來叶六直反興也剛既成而剛

也陽十月也時純陰用事嫌於無陽故名之曰陽月也孔甚也疚病也来歸也此見士之竭力致死無還心也

彼爾維何維常之華叶芳無反彼路斯何君子之車叶尺奢反戎車既駕四牡業業豈敢定居一月三捷興也爾華盛貌常常棣也路戎車也君子謂將帥也業業壯也捷勝也彼爾然而盛者常棣之華也彼路車者君子之車也戎車既駕而四牡盛矣則何敢以定居乎庶乎一月之間三戰而三捷爾

駕彼四牡四牡騤騤求龜反君子所依小人所腓音肥四牡翼翼象弭音米魚服叶蒲北反豈不日戒叶訖力反玁狁孔棘賦也騤騤强也依猶乘也腓猶芘也程子曰腓隨動也如足之腓足動則隨而動也翼翼行列整治之狀象弭以象骨飾弓弰也魚獸名似猪東海有之其皮背上

斑文服下純青可為弓鞬矢服也戒警棘急也言戎車者將帥之所依乘戎役之所芘倚且其行列整治而器械精好如此豈不日相警戒乎玁狁之難甚急誠不可以忘備也

昔我往矣楊柳依依今我來思雨去聲雪霏芳菲反霏行道遲遲載渴載飢我心傷悲莫知我哀叶於希反賦也楊柳蒲柳也霏霏雪甚貌遲遲長遠也　此章又設為役人預自道其歸時之事以見其勤勞之甚也程子曰此皆極道其勞苦憂傷之情也上能察其情則雖勞而不怨雖憂而能勵矣范氏曰予於采薇見先王以人道使人後世則牛羊而已矣

采薇六章章八句

我出我車于彼牧叶莫狄反矣自天子所謂我來叶六直反矣召

彼僕夫謂之載叶節力反矣王事多難去聲維其棘矣賦也牧郊外也自從也天子周王也僕夫御夫也○此勞還率之詩追言其始受命出征之時出車於郊外而語其人曰我受命於天子之所而來於是乎召僕夫使之載其車以行而戒之曰王事多難是行也不可以緩矣

我出我車于彼郊音高矣設此旐音兆矣建彼旄音毛矣彼旟音餘旐斯胡不旆旆叶蒲寐反憂心悄悄僕夫況瘁音悴賦也郊在牧內蓋前軍已至牧而後軍猶在郊也設陳也龜蛇曰旐建立也旄注旄於旗干之首也鳥隼曰旟鳥隼龜蛇曲禮所謂前朱雀而後玄武也楊氏曰師行之法四方之星各隨其方以為左右前後進退有度各司其局則士無失伍離次矣旆旆飛揚之貌悄悄憂貌況茲也或云當作怳言出車在郊建設旗幟彼旗幟者豈不旆旆而飛

揚乎但將帥方以任大責重為憂而僕夫亦為之恐懼而憔悴耳東萊呂氏曰古者出師以喪禮處之命下之日士皆泣涕夫子之言行三軍亦曰臨事而懼皆此意也

王命南仲往城于方出車彭彭叶鋪郎反旂旐央央天子命我城彼朔方赫赫南仲玁狁于襄賦也王周王也南仲此時大將也方朔方今靈夏等州之地彭彭衆盛貌交龍為旂此所謂左青龍也央央鮮明也赫赫威名光顯也襄除也或曰上也與懷山襄陵之襄同言勝之也　東萊呂氏曰大將傳天子之命以令軍衆於是車馬衆盛旂旐鮮明威靈氣焰赫然動人矣兵事以哀敬為本而所尚則威二章之戒懼三章之奮揚竝行而不相悖也程子曰城朔方而玁狁之難除禦戎狄之道守備為本不以攻戰為先也

昔我往矣黍稷方華叶芳無反今我來思雨雪載塗

王事多難不遑啓居豈不懷歸畏此簡書賦也華盛也塗凍釋而泥塗也簡書戒命也鄰國有急則以簡書相戒命也或曰簡書策命臨遣之辭也此言其既歸在塗而本其往時所見與今還時所遭以見其出之久也東萊呂氏曰采薇之所謂往遣戍時也此詩之所謂往在道時也采薇之所謂來戍畢時也此詩之所謂來歸而在道時也

喓喓音腰草蟲趯趯音剔阜螽未見君子憂心忡忡音充既見君子我心則降音杭叶胡攻反赫赫南仲薄伐西戎賦也此言將帥之出征也其室家感時物之變而念之以為未見而憂之如此必既見然後心可降耳然此南仲今何在乎方往伐西戎而未歸也豈既却玁狁而還師以伐昆夷也與薄之為言聊也蓋不勞餘力矣

春日遲遲卉音諱木萋萋音妻倉庚喈

喈音皆叶居奚反采蘩祁祁執訊音信獲醜薄言還音旋歸赫赫南仲玁狁于夷

賦也卉草也萋萋盛貌倉庚黃鸝也喈喈聲之和也訊其魁首當訊問者也醜徒衆也夷平也歐陽氏曰述其歸時春日暄妍草木榮茂而禽鳥和鳴於此之時執訊獲醜而歸豈不樂哉鄭氏曰此詩亦伐西戎獨言平玁狁者玁狁大故以為始以為終

出車六章章八句

有杕音第之杜有睆音莞其實王事靡盬繼嗣我日日月陽止女心傷止征夫遑止

賦也睆實貌嗣續也陽十月也遑暇也 此勞還役之詩故追述其未還之時室家感於時物之變而思之曰特生之杜有睆其實則秋冬之交矣而征夫以王事出乃以日

繼日而無休息之期至於十月可以歸而猶不至故女心悲傷而曰征夫亦可以暇矣曷為而不歸哉或曰興也下章放此

有杕之杜其葉萋萋王事靡盬我心傷悲卉木萋止女心悲止征夫歸止賦也萋萋盛貌春將暮之時也歸止可以歸也

陟彼北山言采其杞王事靡盬憂我父母叶滿洧反檀車幝幝音闡四牡痯痯音管叶古轉反征夫不遠賦也檀木堅宜為車幝幝敝貌痯痯罷貌登山采杞則春已暮而杞可食矣蓋託以望其君子而念其以王事詒父母之憂也然檀車之堅而敝矣四牡之壯而罷矣則征夫之歸亦不遠矣

匪載匪來叶六直反憂心孔疚叶訖力反期逝不至叶朱力反而多為恤卜筮偕叶舉里反止會言近叶渠紀反

止征夫邇止

賦也載裝疚病逝往恤憂偕俱會合也言征夫不裝載而來歸固已使我念之而甚病矣況歸期已過而猶不至則使我多為憂恤宜如何哉故且卜且筮相襲俱作合言於繇而皆曰近矣則征夫其亦邇而將至矣范氏曰以卜筮終之言思之切而無所不為也

杕杜四章章七句

鄭氏曰遣將帥及戍役同歌同時欲其同心也反而勞之異歌異日殊尊卑也記曰賜君子小人不同日此其義也王氏曰出而用兵則均服同食一衆心也入而振旅則殊尊卑辨貴賤定衆志也范氏曰出車勞率故美其功杕杜勞衆故極其情先王以己之心為人之心故能曲盡其情使民忘其死以忠於上也

南陔

此笙詩也有聲無辭舊在魚麗之後以儀禮考之其篇次當在此今正之說見華黍

鹿鳴之什十篇一篇無辭凡四十六章二百九十七句

白華之什二之二 毛公以南陔以下三篇無辭故升魚麗以足鹿鳴什數而附笙詩三篇於其後因以南有嘉魚為次什之首今悉依儀禮正之

白華 笙詩也説見上下篇

華黍 亦笙詩也鄉飲酒禮鼓瑟而歌鹿鳴四牡皇皇者華然後笙入堂下磬南北面立樂南陔白華華黍燕禮亦鼓瑟而歌鹿鳴四牡皇華然後笙入立于縣中奏南陔白華華黍南陔以下今無以考其名篇之義然曰笙曰樂曰奏而不言歌則有聲而無辭明矣所以知其篇第在此者意古經

篇題之下必有譜焉如投壺魯鼓薛鼓之節而亡之耳

魚麗音離于罶音柳叶酒與鱨音常鯊音沙叶蘇何反君子有酒旨且多

興也麗歷也罶以曲薄為笱而承梁之空者也鱨揚也今黃頰魚是也似燕頭魚身形厚而長大頰骨正黃魚之大而有力解飛者鯊鮀也魚狹而小常張口吹沙故又名吹沙君子指主人旨且多旨而又多也此燕饗通用之樂歌即燕饗所薦之羞而極道其美且多見主人禮意之勤以優賓也或曰賦也下二章放此

魚麗于罶魴鱧音禮君子有酒多且旨

興也鱧鮦也又曰鯇也

魚麗于罶鰋音偃鯉君子有酒旨且有叶羽已反

興也鰋鮎也有猶多也

物其多矣維其嘉叶居何反矣賦也　物其旨矣維其偕叶舉里反

矣（賦也）物其有矣（叶羽已反）維其時矣（叶上紙反）（賦也蘇氏曰多則患其不嘉旨則患其不齊有則患其不時今多而能嘉旨而能齊有而能時言曲全也）

魚麗六章三章章四句三章章二句（按儀禮鄉飲酒及燕禮前樂既畢皆閒歌魚麗笙由庚歌南有嘉魚笙崇丘歌南山有臺笙由儀閒代也言一歌一吹也然則此六者蓋一時之詩而皆為燕饗賓客上下通用之樂毛公分魚麗以足前什而說者不察遂分魚麗以上為文武詩嘉魚以下為成王詩其失甚矣）

由庚（此亦笙詩說見魚麗）

南有嘉魚烝然罩罩（音笊）君子有酒嘉賓式燕以樂（音洛叶五

教反興也南謂江漢之閒嘉魚鯉質鱒鯽肌出於沔南之丙穴烝然發語聲也罩篧也編細竹以罩魚者也重言罩罩非一之辭也此亦燕饗通用之樂故其辭曰南有嘉魚則必烝然而罩罩之矣君子有酒則必與嘉賓共之而式燕以樂矣此亦因所薦之物而道達主人樂賓之意也

南有嘉魚烝然汕汕音訕君子有酒嘉賓式燕以衎音看

興也汕樔也以薄汕魚也衎樂也

南有樛音鳩木甘瓠音護纍音雷之君子有酒嘉賓式燕綏之

興也東萊呂氏曰瓠有甘有苦甘瓠則可食者也樛木下垂而美實纍之固結而不可解也愚謂此興之取義者似比而實興也

翩翩者鵻之誰反烝然來叶六直反思君子有酒嘉賓式燕又叶夷昔反思

興也此興之全不取義者也思語辭也又既燕而又燕以見其

至誠有加而無已也或曰又思言其又思念而不忘也

南有嘉魚四章章四句 說見魚麗

崇丘 說見魚麗

南山有臺叶田飴反北山有萊叶陵之反樂音洛只音紙君子邦家之基樂只君子萬壽無期 興也臺夫須即莎草也萊草名葉香可食者也君子指賓客也

此亦燕饗通用之樂故其辭曰南山則有臺矣北山則有萊矣樂只君子則邦家之基矣樂只君子則萬壽無期矣所以道達主人尊賓之意美其德而祝其壽矣

南山有桑北山有楊樂只君子邦家之光樂只君子萬壽無疆 興也

南山有杞

北山有李樂只君子民之父母叶滿彼反樂只君子德音不已興也杞樹如樗一名狗骨

南山有栲音考叶音口北山有杻音紐樂只君子遐不眉壽叶直酉反樂只君子德音是茂叶莫口反興也栲山樗杻檍也遐何通眉壽秀眉也

南山有枸音矩北山有楰音庾樂只君子遐不黃耇音苟叶果五反樂只君子保艾五蓋反爾後叶下五反興也枸枳枸樹高大似白楊有子著枝端大如指長數寸噉之甘美如飴八月熟亦名木蜜楰鼠梓樹葉木理如楸亦名苦楸黃老人髮復黃也耇老人面凍梨色如浮垢也保安艾養也

南山有臺五章章六句說見魚麗

由儀說見魚麗

蓼音六彼蕭斯零露湑上聲兮既見君子我心寫叶想羽反兮燕笑語兮是以有譽處兮興也蓼長大貌蕭蒿也湑湑然蕭上露貌君子指諸侯也寫輸寫也燕謂燕飲譽善聲也處安樂也蘇氏曰譽豫通凡詩之譽皆言樂也亦通　諸侯朝於天子天子與之燕以示慈惠故歌此詩言蓼彼蕭斯則零露湑然矣既見君子則我心輸寫而無留恨矣是以燕笑語而有譽處也其曰既見蓋於其初燕而歌之也

蓼彼蕭斯零露瀼瀼音攘既見君子為龍為光其德不爽叶師莊反壽考不忘興也瀼瀼露蕃貌龍寵也為龍為光喜其德之辭也爽差也其德不爽則壽考不忘矣褒美而祝頌之又因以勸戒之也

蓼彼蕭斯

零露泥泥（音你）既見君子孔燕豈弟宜兄宜弟令德壽豈（音愷叶去禮反）興也泥泥露濡貌孔甚豈樂弟易也宜兄宜弟猶曰宜其家人蓋諸侯繼世而立多疑忌其兄弟如晉詛無畜羣公子秦鍼懼選之類故以宜其兄弟美之亦所以警戒之也壽豈壽而且樂也

蓼彼蕭斯零露濃濃（音農）既見君子鞗（音條）革沖沖（音蟲）和鸞雝雝萬福攸同 興也濃濃厚貌鞗轡也革轡首也馬轡所把之外有餘而垂者也沖沖垂貌和鸞皆鈴也在軾曰和在鑣曰鸞皆諸侯車馬之飾也庭燎亦以君子目諸侯而稱其鸞旂之美正此類也攸所同聚也

蓼蕭四章章六句

湛湛上聲露斯匪陽不晞音希厭厭平聲夜飲不醉無歸興也湛湛露盛貌陽日晞乾也厭厭安也亦久也足也夜飲私燕也燕禮宵則兩階及庭門皆設大燭焉此亦天子燕諸侯之詩言湛湛露斯非日則不晞以興厭厭夜飲不醉則不歸蓋於其夜飲之終而歌之也

湛湛露斯在彼豐草厭厭夜飲在宗載考興也豐茂也夜飲必於宗室蓋路寢之屬也考成也

湛湛露斯在彼杞棘顯允君子莫不令德興也顯明允信也君子指諸侯為賓者也令善也令德謂其飲多而不亂德足以將之也

其桐其椅音醫其實離離豈弟君子莫不令儀興也離離垂也令儀言醉而不喪其威儀也

湛露四章章四句春秋傳甯武子曰諸侯朝正於王王宴樂之於是賦湛露曾氏曰前兩章言厭厭夜飲後兩章言令德令儀雖過三爵亦可謂不繼以淫矣

白華之什十篇五篇無辭凡二十三章一百四句

詩經集傳卷四

總校官編修臣朱鈐
校對官編修臣邱庭漋
謄録監生臣談穎